捨てられ勇者は異世界で
最高のヒロインに出会いました！
日常男爵
Nichijyou Danshaku
illust: 鳴海茉希
KiNG novels

最強チートで復讐に挑む
川田勇
（カワダ・イサム）
狙われる最強の魔女
ギネヴィア・ノヴェロ

気の強いお嬢様格闘家
小泉優香（コイズミ・ユウカ）
王国の生真面目な女騎士
レノール・リドリー
おっとり系ヒーラー？
辺見舞菜（ヘンミ・マイナ）

ギネヴィアの目から、じんわりと涙が溢れ出てくる。

「な、なんで泣くんだよ」

ギネヴィアが突然泣き出したことで、勇は慌てふためいた。

「……ごめんなさい。こんなに私の作ったお話を、楽しんでくれている人がいたなんて思わなくて」

ギネヴィアは止めどなく溢れる涙を、何度も拭った。

「貴方に打ち明けることができて、本当によかった……。もしかしたらこれは、運命なのかもしれないわね……ふふふ」

捨てられ勇者は異世界で最高のヒロインに出会いました！

日常男爵
illust：鳴海茉希

KiNG novels

contents

プロローグ

人里離れた荒野の中心。そこに、ふたりの男が存在していた。

ひとりは頑丈そうな鎧を身に纏った大男。鎧には、精緻な紋章が刻印されている。その紋章はパラデムロッジ王国のものだ。

大男――バルダインは王国でも指折りの騎士だった。ここに到るまでの数々の戦闘でも、一つの傷も負わずに戦い抜く程の戦闘センスを持った男だ。

そんな彼と向き合うのは、全身に黒一色の装いを纏った細身の男。

左目を眼帯で隠した彼は、この歴戦の大男を前にしても余裕の表情を見せていた。

手には細身の剣を握り、いつ戦闘が始まってもいいように構えている。

「イサム。いつまでそうしているつもり？　貴方がその目の力を試したいと言うから、こうして機会を与えたのよ」

黒衣の男に声をかけたのは、ふたりとは離れた場所にたたずむ女だ。

男なら誰しも、思わず涎《よだれ》を垂らしてしまいそうな肢体を持ち、艶のある黒髪を腰のあたりまで伸ばした魅力的な女性。だがその視線は冷たくて、見つめられるだけで震えてしまいそうだ。

黒いマントに同色のとんがり帽子といった、多くの人が『魔女』という存在をイメージするであろう衣装を身に着けている。

その漆黒の魔女——ギネヴィアは、睨み合いを続ける勇《イサム》に勝負を急かしていた。

「もちろんそのつもりだ、ギネヴィア。だけど、相手の力量を測るくらいの時間はもらいたい」

勇は大仰に肩を竦めると、仕方なしといった風に剣を構え直す。

「……ぐっ」

対するバルダインは、そんな勇から向けられた殺意を感じ取り声を漏らした。数々の戦場を駆けてなお、いまだ感じたことのない強いプレッシャー。並の者なら、その重圧だけで身動きが取れなくなってしまうだろう。

向かい合う両者が、相手のわずかな隙を求めて集中力を高めていく。

「ダアアッ！」

気合いの一声とともに先制したのは、バルダインだった。力強く、初速に乗って距離を詰めていく。

一瞬で距離を詰められた勇だが、その顔にまだ焦りはない。

しっかりとバルダインの動きを捉え、振り抜かれた大剣をわずかな動きで避けきった。

バルダインは、避けられた、と脳が判断するよりも早く手首を返し、次の一撃へと移行する。

その予想外のスピードに勇は虚を突かれ、一瞬だけ回避が遅れた。

「おっと……」

はらり、と勇の眼帯の紐が切れ、地面へと落ちる。

「まさか、眼帯を取られるとはな」

眼帯に覆われていた瞳が、外界へと晒される。

勇の瞳には魔方陣が描かれ、ぼんやりと光を発していた。そして奇妙なことに、白目の部分までが漆黒に塗りつぶされている。

「元々、これの力を試すための勝負だ。はぎ取られるとは思わなかったが、まあいいだろう」

「な……なんだその目は!?」

あまりにも異様なその瞳を見て、バルダインは恐ろしさのあまり声を震わせながら叫んだ。

「これか？　まあ、色々とあったんだが……似合うだろ？」

勇は自分の左目に指を当てると、自慢するように瞼《まぶた》を大きく開き、バルダインを見た。

その――魔障の力を秘めた目で、バルダインを《見た》のだ。

直後、剣を構えた勇がバルダインへと向けて駆け出す。

「ふん、正面からの突進など……なっ、体の動きが!?」

迎え討とうと足を踏み出した瞬間、バルダインは自分の体が思うように動かないことに気づいた。

手に持つ剣が重く、足の踏ん張りが効かず、突撃してくる勇の動きに目が追いつかない。

まるで、自分の身体能力が極端に落ちてしまったようにさえ感じる。

「貴様、なにをした！　おのれ、魔女の従者へ堕ちた裏切り者め！　ヌオオォォッ!!」

それでもバルダインは果敢に勇へ立ち向かったが、変化が起きたのは彼の体だけではなかった。

「ははっ、遅い！　攻撃がスローモーションみたいだ！」

異形の目を見開いたままの勇の動きが、先ほどとは段違いに鋭くなっていた。

攻撃を容易く弾いた勇は、反撃の突きを放つ。

バルダインはそれを長年の経験でなんとか回避したが、形勢は完全に逆転していた。

劣勢の中、バルダインはなにかに気づいたように勇の目を睨みつける。

「グゥッ！　貴様、どうやってかは知らんが、この私の剣技を……身に着けたな!?」

「ほう、察しがいいな。ご名答、この目を使ってお前と俺の実力を《交換》したのさ！」

「そのような魔法、見たことも聞いたことも……ガッ!?」

「仕掛けを見破っても、もうどうしようもないだろう？　このままトドメを刺してやる！」

それからたった数合の打ち合いで、王国屈指の騎士バルダインは瀕死の重傷を負い倒れ伏した。

彼が動かなくなったことを確認したギネヴィアが、勇へと声を掛ける。

「ふふっ、私があげた〝その目〟も、絶好調みたいね」

「ああ、そうみたいだな」

勇は切れてしまった眼帯を拾いあげ、目に当て直した。

「貴方の復讐、きちんと果たせそうね」

口角だけを上げて、ギネヴィアが笑う。

「……お前の目的も、な」

勇は倒れたバルダインに近付くと、躊躇なくとどめを刺して笑い返した。

† † †

騒音が響く早朝の東京、新宿。

川田勇《かわだいさむ》は満員電車から抜けだし、足早に歩く人々に溶け込みながら駅のホームを後にした。

早朝の柔らかな日差しに目を細めながら歩き続け、勇は会社付近のコンビニへと入っていく。

いつものようにおにぎり二つとペットボトルの緑茶を購入すると、出口近くに配置された雑誌の棚へと移動する。

「っと、これこれ」

勇は毎月の半《なか》ばに発売される、分厚い月刊誌を手に取った。

「……ブレイブ・ルーン・ソード？　新連載ねぇ」

漫画雑誌の表紙には、細めの線で描かれた美しいキャラクターが大きく印刷されている。

見出しにも『新連載！　今、大注目の新人による本格王道ファンタジー！』と大きく書かれ、かなり力の入った新連載であることが窺えた。

「ふーん……」

読み始めこそ穿《うが》った視点で見ていた勇だったが、徐々に卓越した世界観へと引き込まれていく。

物語は、少年が白き魔女から伝説の剣を授かり、勇者となって世界を飛び回るという、冒険心をかき立てる王道の内容だ。あまり期待せずに読んでいた勇だが、頁《ページ》をめくる度に〝ブレイブ・ルーン・ソード〟の魅力に引き込まれていった。初回ということもあり、けっこうなページ数がある。

最後のシーン——少年が悪魔の策略にハマり、大切な友達を攫《さら》われてしまうところで、勇は主人公に感情移入しすぎて、悔しさで涙をこぼしそうになったほどだ。

必死に涙を堪え、感情の昂りを抑えて時計を見ると、すでに遅刻しないギリギリの時間になっていた。

（や……やばっ、もうこんな時間か。他の漫画読んでないけど、もう行かないと）

「……」

勇は雑誌を棚に戻すために閉じた。すると、その表紙の絵が再び目に飛び込んでくる。

数瞬悩んだが、雑誌を棚に戻すことはせず、そのままレジへと直行した。

手早く会計を済ませ、雑誌を無理矢理に鞄の中へと押し込むと、会社へ向かって走り出した。


それからの一ヶ月。勇の生活は〝ブレイブ・ルーン・ソード〟によって占められた。

勇にとっても幸いだったことに〝ブレイブ・ルーン・ソード〟は連載開始と同時に瞬く間に評判が広がり、新作にしてはかなりの話題となっていた。

SNSでアップされ続けるネタを見てはさらに盛り上がり、匿名の掲示板でも専用のスレッドで、名も知らぬ同胞たちと世界観の考察などを繰り広げたりして楽しんだ。

そうするうちに、あっという間に一ヶ月が過ぎた。

その日、勇はいつもより早く家を出て、普段は乗らない時間の電車に乗った。

もちろん、その日が発売日の〝ブレイブ・ルーン・ソード〟の掲載紙を購入するためだ。

家からほど近いコンビニで買うことも考えはしたが、勇は〝ブレイブ・ルーン・ソード〟と出会ったコンビニで、今日も買いたいという想いに勝てなかったのだ。

そんな勇を乗せた電車は、予定通りの時刻に新宿駅のホームへと到着する。

腕時計を確認すると、普段よりずいぶんと早い。

いつもより空いている電車を降り、いつもより空いているホームを足早に歩く。

地下道を抜け、階段を上り、ビルの合間を抜けて、ようやくいつものコンビニが目に入った。

勇は朝食を買う前に雑誌コーナーへと足を運び、お目当ての月刊誌を手に取った。

(今月の表紙は、ブレルンじゃないのか)

この一ヶ月の盛りあがりを考えれば、また表紙でもおかしくないと思っていた勇は、少しがっかりしてしまう。ここですぐに読んでしまうのは、勇にとってもかなりの冒険だ。早めに家を出たといっても、一度読み始めれば、時間を掛けない自信はなかった。悪くすれば遅刻してまうだろう。

(とりあえず今は、ちょっとだけ……)

だが、早急に続きが読みたいという欲求に抗うことができずに、勇は頁をめくった。

巻頭を過ぎ、センターカラーを通り越し、雑誌の半ば、そして後半へと頁が送られていく。

「ん……？」

最後まで頁を捲り終え、勇は首を傾げた。

もう一度頭から捲ったあとで、焦りながら掲載作品の目次に目を通す。

「……はぁ!?」

そこには〝ブレイブ・ルーン・ソード〟の文字が載っていなかった。

(なにかの間違いか？　それとも、作者が病気になったとか……？)

しかし紙面にはどこにも、作者都合での休載……といったようなお詫びすら載せられていない。

「そ……そんな……」

この一ヶ月、勇は〝ブレイブ・ルーン・ソード〟の続きを読むことだけを楽しみに生活してきた。

毎朝毎晩の満員電車に乗り、上司のつまらない自慢話に笑顔を浮かべ、長く苦しい残業を耐えた。

そうして一日にできるわずかな時間を使って〝ブレイブ・ルーン・ソード〟の話題で盛りあがる。

どれもこれも、〝ブレイブ・ルーン・ソード〟の二話目を読むためにやってきたことだった。

勇は雑誌を棚に戻すと、朝食すら買わずにフラフラとコンビニを出た。

勇の視界はぐらぐらと揺れて、転ばないのが奇跡なくらいの状態だった。

どこへ向かっているのかもわからず、おぼつかない足取りで、だ。

不意に、耳をつんざくクラクションの高音が、勇の鼓膜を振るわせる。

勇は反射的に音のするほうを見ると、目の前に大型のトラックが見えた。

トラックは正面から近付いてきていて、どんどんと視界を埋め尽くしていく。

「え？」

という声が出るか出ないかの間を持って、トラックは勇の身体を遥か前方へと送り出した。

第一章　勇者と魔女

一話　召喚されし勇者たち

「……え？」

勇が目を開けると、そこは暗い広間のような場所だった。

辺りを見渡してみても、これといった特徴のない空間だ。ただ、前方に一つだけ扉が見える。

（ここは……？　俺は確か、トラックに轢かれて死んだはずじゃ……）

目の前にトラックが迫ってきていたところまでは覚えているが、それ以降のことが思い出せない。

混乱して取り乱しそうになる頭を必死に理性で縛りつけ、勇が状況を理解しようとしたそのとき。

「ちょっと、どこなのよここ！　どうなってるの!?」

突然背後から聞こえた女性の大声に、肩を跳ねあげさせて驚いた。咄嗟に振り返ると、そこには四人の男女がいた。

大学生ぐらいと思われる女性がふたり。制服姿の女子高生がひとり、そして二十代半ば程のラフな格好の男性がひとりだ。

そのうちのひとり、直前に声をあげたらしい女性が勇に話しかける。

彼女はこの状況に混乱しているようで、興奮したまま勇を睨みつけていた。

「ちょっと貴方？　貴方は、ここがどこかわからないの？」

長い髪を両サイドで結んだ、気の強そうな女性だった。結った茶色の髪が彼女の活発さを印象づけている。体もメリハリが効いていてスタイルが良く、全身から発している怒気がなければ、勇も見とれていたことだろう。

「お、俺？　いや……ちょっとわからないけど。君たちも突然ここに？」

「貴方も状況がわかってない？　じゃあ、他のみんなも？」

彼女は勇の言葉を聞くと、ほかの人間にも顔を向けて反応を窺った。

三人もこの状況にまったく心当たりがないらしく、それぞれ首を横に振っている。

「そうみたいね。……仕方ないわ、とりあえずお互いの名前くらいは知っておきましょう？　あたしの名前は小泉優香《こいずみゆうか》。大学生よ」

ようやく騒いでもどうしようもないと悟ったのか、彼女は怒気を治めると自ら最初に名乗った。

それに続くように、もうひとりの女性が口を開く。

「わたしも大学生なの。辺見舞菜《へんみまいな》よ。よろしく。なんだか大変なことになってしまったわね……」

おっとりとした印象で、肩ほどまで伸びたボブカットがとてもよく似合っており、その特徴的なタレ目も優し気なイメージを補強していた。

これまたスタイルが良く、特に胸は先ほどの優香よりもさらに大きい。

服の胸元から深い谷間が覗いており、爆乳と言っていいサイズだ。こんな状況にも限らず、既に勇の視線が幾度となく引き寄せられてしまっている。

ふたりがすでに自己紹介をしたことで、残りの三人も続くように名乗ることになった。

「えっと、高野永羽《たかのとわ》です。高校生です」

この中では一番年下らしい少女が控えめに言う。どうやら気弱な性格らしい。

先ほどからも勇たちの会話に一喜一憂しつつ、落ち着かなそうにキョロキョロしている。

「橘《たちばな》冷司《れいじ》だ。フリーターをやってる」

女の子が全員名乗り終えたことで、つまらなそうに状況を見ていた男も、仕方なしといった風に口を開いた。こちらはおどおどとした永羽と違い、終始落ち着き払っているように見える。

そして、最後に残った勇が名乗る。

「俺は川口勇。会社員だ。ここがどこかはさておき、全員が、顔見知りとかでもないわけだよな？」

「いいえ、あたしと舞菜は違うわ。サークルの先輩後輩よ。後輩のあたしが一ヶ月で止めちゃったから、それほど付き合いが深いわけではないけど。とはいえ、他には知っている人がいないみたいだし、ここに一緒に連れてこられたのは偶然でしょうね」

勇の疑問に答えたのは、最初に優香と名乗った女性だ。

彼女が舞菜のほうに視線を向けると、肯定するように頷き返している。

「……そっか」

状況の整理がまったく進まず、勇は途方に暮れた。

それを見ていた舞菜が、忌々しそうにため息を吐く。

「はぁ……ほんっとに皆さん役に立ちませんね……」

突然投げつけられた暴言に、勇や永羽、優香の三人がびくりと反応する。この毒舌が威勢の良い優香ではなく、優し気な印象の舞菜から発せられたことを、一瞬理解できなかったからだろう。

どうやら、彼女は見た目の穏やかさとは裏腹に、かなり苛烈な性格をしているようだ。

冷司だけは特に驚いた様子もなく、興味なさそうにしていた。

「まったく、発展しない話し合いでわたしの時間を無駄にしないでほしいわ。行動している優香と、何か考えていそうなそこのおじさんは、まだマシですけど……」

ゆったりと胸の下で腕を組んだ舞菜は、四人に——特にオロオロと様子を見ていた永羽と、この状況にありながらまったく表情を変えない冷司に、軽蔑するような目差しを向けた。

おじさん……というのはきっと勇のことなのだろうが、少しショックだ。

「ご、ごめんなさい……」

永羽がその叱責に、涙目で謝罪の言葉を口にした。

反対に冷司は、まったく気にしたそぶりさえも見せていない。

「謝る必要はないわよ。そんな余裕があるなら、もうちょっと有益なことを言ってほしいわ。それに……向こうの壁に、一つ扉があるじゃない？　なら話は簡単じゃないの。あの扉を開けてみれば、少しは状況を変化させられるわ。なんでそんな簡単なことも試さないの？　おじさんはともかく、舞菜だって気が付いていたんでしょ？」

勇はなにも、扉に気付かなかったわけではない。最初に見えていたし。ただ、現状で安全が確保されたこの場所を動くことが、得策かどうかを考えていたのだ。

「あれはさ——」

と、勇が理由を説明しようと口を開きかけたそのとき、突然、件《くだん》の扉が開かれた。

五人の視線が瞬時に、その扉へと集中する。

背後に光源があるのか、扉の中心に立つ人物は影となり、しっかりとは把握することができない。

逃げ出すべきなのかもわからない状況で五人が固まっていると、その影が喋り始めた。

「全員、目を覚ましているようだな」

重みのある声に、五人に緊張が走った。

永羽は近くにいた優香の身体に身を寄せ、勇もいつでも走り出せるよう足の位置を調整する。冷司ですら、その人影の一挙手一投足を見逃さないように視線を向けている。

「そう警戒せずともよい。まずは事情の説明をさせてほしい」

そう言いながら部屋へと入ってきたのは、妙に威厳のある翁《おきな》だった。頭には曇り一つない王冠をかぶっている。

背後には護衛だろうか、やけにゴテゴテとした鎧で身を固めた兵士がふたり、付き従っている。

「儂はこの王国……パラデムロッジというのだが、そこを治めているウィザルだ。もちろん、君たちの味方と思ってもらってよい」

(パラデムロッジ？　聞き覚えのある名前だけど……今はそんなことより、状況を把握しないと)

彼の言葉に勇は一瞬気を取られたが、まずしっかり話を聴こうと思い直す。

ウィザルは威厳ある態度を崩さずに、五人を見渡した。全員が自らの話に耳を傾けていることを確認してから、次の話題へと進む。

「まず、君たち五人をここへ呼んだのは、他ならぬこの儂だ」

「ここ……というのは？」

素早く問かけたのは、やはり舞菜だった。

「君たちが元々いた世界とは異なる、儂たちの世界へ、ということだ。ある目的のために、君たちを異世界から召喚させてもらった」

その言葉を聞いて、五人は一斉に首を傾げた。いきなり異世界だのなんだのと、言葉少なに説明されたら、そうなるのは道理だろう。

「馬鹿馬鹿しいな」

そんな中で、最初に頭の整理をつけたのは冷司だった。

† † †

冷司は、キツくウィザルを睨みつける。

「そんなじじいの妄言を、はいそうですかと信じろと？」

「もちろん、そうであろうな」

ウィザルは、冷司の反論を見越していたように頷くと、自らの胸に手を当てて目を閉じた。

「ならば感じてみなさい。こちらの世界では、君たちの世界では使うことができない魔法を使うことができる。君たちの体内には、こちらへ召喚するに際して膨大な魔力を蓄積させてもらっている。胸に手を当て、それを感じてみるがいい」

「はあ？」

反論には耳を貸さず、胸に手を当てろなどというウィザルに、冷司は怒るよりも先に呆れかえったようだ。

「誰かこのじじいと、まともに会話ができるやつはいねえのか——って、お前らなにしてるんだ？」

冷司が助けを求めて目を向けると、そこには手を胸に当てている四人が目に入った。

「おお、確かになにか感じるな！」

「胸の奥に……なんだかもやもやしたものがありますね……」

「今まで知覚できなかったものを、感じられるようになっているのは確かみたいね」

「ええ、信じられないけど……。あなたもやってみたら？　変化を受け入れられない無能でありたいなら、話は別ですけど」

「……チッ」

冷司も仕方なく、胸に手を当てる。

そうすることで、全身に広がる確かな存在を、冷司も感じ取ったようだ。

そして皆、それが自分の意思によって自由自在に全身を駆け巡ることも理解する。

「魔力については、わかっていただけたようだね。では、話を戻させてもらおうか」

ウィザルは冷司に伺いを立てる。冷司は舌打ちをして、勝手にしろとそっぽを向いた。

「では続きを。……この世界は今、恐ろしい魔女――ギネヴィアの手に落ちようとしている。君たちには、世界を混沌に染めるギネヴィアの暴走を止めてもらいたいのだ」

「世界を救えってことかしら？」

「そういうことだ。君たちには魔女を討伐してもらいたい。……世界を救う、勇者としてな」

ウィザルの言葉が、五人の胸に重くのしかかった。

二話　勇者たちの使命

　ウィザルの説明を聞いた勇は思考を巡らせた。

（うーん……いきなり世界を救えと言われても実感が湧かないけど。これが俺の妄想や夢ってわけじゃないのは、とりあえず確かかな）

　勇は自分の腕を抓《つね》り、それが現実の痛みであることを確認した。

（だとすると、ウィザルっていうこの人は、トラックに轢かれそうになってる俺を助けてくれた命の恩人ってことになるな……。恩人の頼みを断るっていうのも気が引けるが……あっ！）

　勇はそこまで考えて、自分がなぜトラックに轢かれそうになっていたのか、その原因を思い出し、少しは冷静になり始めていた理性が再び、音を立てて崩れ落ちていくのを自覚した。

「ちょっといいかしら？」

　強気な視線でウィザルを見つめ、優香が手を挙げた。

「なにかな、お嬢さん」

　ウィザルはとってつけたような笑顔を浮かべ、優香の言葉に耳を傾ける。

「それ、あたしたちがやらなきゃいけない理由がある？　そんなことしても、あたしたちにはなんの利益もないよね？」

「ふむ……確かにそう思うのも無理はない。しかし魔女を倒さなければ、君たちは自分の世界に帰ることはできないのだが？」

「……どういうこと？　貴方はあたしたちをここに呼び寄せることができる。それなら同じことをすればいいだけでしょう？」

「魔力が足りないのだ。異世界人を五人も召喚するとなれば、大量の魔力がなければならない。今回は自然に満ちる魔力を溜めなんとか成功させたが、それによってこの土地は魔力が枯渇している」

「つまり、その枯渇した魔力の代わりを調達できれば、あたしたちはその魔女と戦わなくてもいいってこと？　あたしたちの身体の中にも魔力が流れてるなら、それを使えばいい」

簡単なことだとばかりに噛みつく優香に、ウィザルは首を振る。

「先ほども言ったが、五人もの人間を世界移動させるには巻桁違いの魔力が必要なのだ。君たち勇者は召喚の際に普通の人間より多くの魔力を身に宿しているが、それでもまだ足りないだろう」

「じゃあ、その魔女を倒しても同じなんじゃ……？」

「……ギネヴィアは特殊な体質をしているようでな。その体内には通常の人間とは桁違いの魔力が貯蔵できるようになっているようなのだ。全員を帰還させるだけの魔力を確保できるだろう」

「なるほどね。その魔女が特別ってことはわかった。だとしたら当然、かなり不利な戦いになるんじゃない？　だって、あたしたちはその魔女を殺さないように倒さなければならないんだから」

「心配はいらぬ。たとえ魔女を殺してしまっても、その魔力を回収する方法がある。詳しくは説明できないが、殺すつもりで魔女の相手をしてもらって構わない」

「ッ！　……ふぅ」

優香はそこで、ウィザルの目が怪しく光ったのを見逃さなかった。反射的に零れそうになった言葉を飲み込んで、深呼吸をする。圧倒的に情報が少ないこの状況で、口論は不利なためだろう。

「それとは別に、君たちは儂が呼んだ客人だ。十分な衣食住を提供し、できるだけの要求にも応えるつもりだ。それでも嫌だというのなら、この場を去ってもらっても構わぬ」

「……なるほどね、良くできてる」

優香は大きく息を吐いて、下を向いた。

この魔女討伐に協力しなければ飢え死にするだけだということを、ウィザルは言外に伝えたのだ。

強制的に召喚されたのだから、この世界に流通している通貨などを持っていないし、生活するための最低限のルールも知らないのだ。そんな中で放り出されれば、どうなるかなど想像するまでものなくわかることだった。

「では、魔女の討伐に協力してくれるということで構わぬな？　他に聞きたいことはあるかね？」

ウィザルは再度五人を見渡し、誰もが要求に文句がないことを確認すると、手を打った。

「では、君たちを歓迎しよう。レノール、来い」

「はい」

合図と共に、扉の奥から軽装の鎧を着た女性が現れる。

美しい銀髪を後頭部でまとめてポニーテールにして垂らし、鋭い目つきで油断なく勇たちを見つめている。とはいえ敵意のようなものはない。おそらくは監視役なのだろう。

そのために、彼らの情報を得ようとしているのだと思う。

かなり鍛えているのか手足は引き締まっており、アスリート的な美しさがあった。そのおかげで、メリハリの利いた体の線が出てしまう軽装にも関わらず、いやらしさは感じられない。

「騎士のレノール・リドリーだ。君たちの世話係を任せようと思っている。わからないことがあれば、彼女になんでも聞いてくれ」

「皆様、よろしくお願いします。今日はお疲れでしょうから、すぐにお部屋へご案内いたします。どうぞこちらへ」

舞菜、優香、永羽、冷司の四人は、レノールの後に続いて部屋から出ていく。

取り残されそうになった勇も、ここでようやく意識を持ち直した。

「あっ、ま、待ってくれよ！」

慌てて皆の後を追い、勇も部屋から出たのだった。

† † †

「改めまして、これからの皆さんのお世話と護衛を任されたレノールです。気になることがあったらなんでも聞いて下さい」

レノールは廊下の途中で一度歩みを止めると、五人に振り返って微笑んだ。その笑顔に、五人の中でもっとも不安そうにしていた永羽が、ぱっと表情を明るくさせた。

それだけレノールの笑顔には、人を安心させるものがあった。

先ほどは鋭い視線で彼らを見つめていたが、彼女は穏やかな一面も持っているらしい。

優しげなのに毒舌な舞菜とは正反対だな、と勇は密かに考えた。

「この先に、皆さんに用意した部屋があります。今、鍵を渡します」

懐から鍵をいくつか取り出したレノールは、近くにいた優香から順に渡していく。

「どうぞ」

最後に勇が鍵を受け取ると、レノールは再び歩き出し、角を曲がる。

その先は一直線の廊下になっており、両側に四つ、等間隔で扉が配置されている。その奥は突き当たりになっており、そこにも一つ扉が見える。

「部屋の番号は鍵に彫られていますので、そちらをお使い下さい。朝食は食堂で用意しますが、それまでに小腹が空いたら、部屋に備え付けたベルを鳴らして下さい。使用人が来ますので。——明日、皆さんが集まったら詳しい話をいたしますので、それは頭に入れておいて下さい」

それだけ言うと、レノールは引きあげようとする。

その彼女の背中を見て、勇は反射的に呼び止めてしまう。

「ま、待ってくれ！　俺たちが倒さなきゃいけない魔女っていうのは、異世界から助っ人を呼ばなきゃいけないほどの強敵なんでしょう？　まったく戦闘経験のない俺たちが戦えると思いますか？」

不安のにじみ出た勇の言葉を聞いた彼女は、振り返るともう一度笑みを浮かべる。

「大丈夫です。その為に貴方たちにこの世界まで来ていただいたのですから。それについても明日お話いたしましょう。では、私はこれで」

レノールはそう言うと、今度こそ背を向けて立ち去った。

全員で彼女を見送ると、最初に冷司が無言のまま自分の部屋に消える。

「それじゃ、あたしはこれで」

感じが悪そうに冷司を見送った優香が、その後に続く。さらに舞菜も自室へと入っていった。

「わたしも……失礼します」

申し訳なさそうに言うと、永羽も自分の部屋へと入っていく。

最後に残った一番奥の部屋の鍵を開けて、勇も中へと入った。

部屋の中は、勇の想像よりもずっと豪華なものだった。

元の世界で暮らしていた部屋よりも、数倍大きな部屋だ。

だが、そんな豪華な部屋に興奮することなく、目の前にある机と椅子も無視して、勇はベッドへと腰掛ける。

硬い椅子に座っても、この胸に鬱積する不安を拭うことができそうになかったからだ。

尻に感じる柔らかな感触は、少しは勇の心を落ち着かせたが、まだ十分ではなかった。

じりじりとした、言いようのない焦燥感が勇の心を炙っていく。

(魔女を倒して世界を救ってくれ……だって？)

ウィザルの話を聞いていたときは――実際に身体の中に魔力を感じたこともあり――興奮してなんでもできそうに思えていた勇だったが、間を置いて冷静になると、途端に不安に襲われた。

(そんなこと、できるのか……？)

不安に押しつぶされそうになり、勇は頭を抱えた。

レノールは大丈夫だと言っていたが、それを簡単に信じられるほど勇は子供ではない。

だが、それでどうなるという訳でもなかった。

考えれば考えるだけ、不安という炎に心が焼かれていく。

勇は、どうしようもない負の連鎖にハマりそうになっていた。

気が付けばすっかり、窓の外は夜になっている。どうやら考え込んでいるうちに、いつの間にか眠ってしまったようだ。

そこへ――。

「失礼します。イサムさん、気分はいかがですか?」

静かに扉が開き、部屋にレノールが入ってきた。

「あっ……ああ、レノールさん。気分は、まあ良くはないですね」

レノールは同じベッドに座ると、うな垂れる勇の体調を気にするように顔をのぞき込んでくる。

「確かに、かなり緊張されているようですね」

レノールは勇のすぐ横へ座って、身を寄せてきた。

「え……あの?」

柔らかな甘い匂いが勇の鼻腔をくすぐり、異性だということを強く意識させられる。

「一番不安そうな表情をしていたのが、気になったもので。やはり、先ほどの私の言葉だけでは不安はぬぐえませんか?」

「いやまあ、そうですね……。悪い魔女を倒すって言っても、どうすればいいのかわからないし、ちゃんとやっていけるかどうか……」

「大丈夫ですよ」

「え……?」

視界が急に塞がれ、勇の顔全体に柔らかな感触が当たった。先ほど感じた甘い匂いが、至近距離から大量に押し寄せる。レノールの豊かな胸に抱き寄せられているのだ。

勇は眩《くら》む意識を持ち直そうとする。だがそこで、レノールの細い指が勇の髪を梳《す》いていく。

訳がわからず混乱する勇だったが、それでもその行為には安心感を覚えた。しばらく、勇はされるがままに頭を撫でられる。

「どうですか？　少しは落ち着きましたか？」

「あ……ああ、はい。なんかすみません」

「いえ、気にしないで下さい。それよりも……」

レノールは勇の頬に軽く唇を当てると、妖艶な手つきで股間をまさぐった。

「あの……ちょ、ちょっと待ってください」

さすがにそれはまずい、と勇は添えられた手を取り、レノールの指を股間から引き離す。

しかし、レノールは勇の手の上にさらに自分の手を重ね、微笑んだ。

「身体から力を抜いて下さい。大丈夫です、皆さんを案内した部屋は全て防音になっていますから、音が漏れることはありません。それに、私はそのために来たんですから……」

「……え？　どういう、あっ」

ふぅっと、口を細めて勇の耳に息を吹きかける。勇の背筋をぞくりとした刺激が駆けあがる。

その刺激は脳まで到達し、勇の理性を削っていった。

気が付けば勇の手はだらりと垂れ下がり、レノールの手を自由にさせていた。

レノールは片手で、ズボンの中から器用に勇の逸物を取り出す。

蒸れた男の匂いが部屋へと溢れ、レノールはすんすんと、しきりに鼻を動かしてその匂いを取り込んでいだ。

くたりと倒れた逸物をやさしく揉み、擦る。その刺激に醜肉がむくむくと勃ちあがり、自己を主張し始める。

「あら、とても立派なモノをお持ちですね……」

直立する愚息の裏筋に、なんども細い親指がこすりつけられる。それだけでは飽き足らず、亀頭の反り返りに指を掛け、執拗に刺激が与えられた。

「これでもまだ、やめてほしいですか？　ここでやめたら、一晩中モヤモヤすることになりますよ。それに、スッキリすれば少しは不安からも解放されるはずです」

レノールはわざとらしく手を離し、指先で先端をつんつんとつついた。

逸物は、その刺激に思わず跳ねる。

「うっ……あ、お願い、します」

勇は性的快感の誘惑に抗うことができず、続きを促した。

「ええ、任せてください」

勇の許可を得たレノールは、親指と人差し指を合わせて指で輪っかを作ると、亀頭部分を中心にシュッシュッと擦っていく。

敏感な部分に強烈な刺激を与えられた勇のペニスは、簡単に透明な体液を漏らし始めた。はじめはぷっくりと珠《たま》になる程度の量だった体液も、次第に多量に分泌され、レノールの手を汚していった。

しかし、先走りでぬめりを帯びたレノールの指の動きは、摩擦が減ったことでスムーズになり、さらに勇に快楽を与える結果となる。

「これだけじゃ、足りないかしら」

しかし、レノールはそこへ、もう片方の手も差し伸ばした。

覆うように被せ、手のひらを亀頭に密着させる。

ゆっくりと焦らすように手のひらを回し、亀頭全体に刺激が与えられる。

それだけで勇の意識は全て逸物へと注がれた。血管が広がり、ジンジンと熱を帯びる。快楽が怒濤のごとく押し寄せ、びくりと腰が跳ねあがる。

レノールは暴れる身体を上手にいなし、押さえ込み、さらに追い打ちをかけていく。

くちゅくちゅと卑猥な音が勇の耳朶を打ち、首元に当たるレノールの息づかいと合わさった。

それがまた、勇を興奮させていく。

レノールの手のひらの上で踊らされていると自覚しながら、その技巧に抗うことができない。

勇はわずかに残った理性を総動員して、せめてだらしない射精だけはすまいと愚直に力を込めた。

きゅっと海綿体が引き締まり、硬度が高まる。

レノールはそれを手のひらで感じながらも、指の輪と手のひらの動きを緩めることはしなかった。

手のひらの回転はさらに勢いを増す。

「うっ……!」

あまりの快感に腰が浮く。

引っ張られるような感覚とともに、勇はペニスを脈打たせ、レノールの手のひらに劣情の塊を吐き出していた。

「ふふ、たくさん射精しましたね」

レノールは鈴口に当てていた手のひらを離して、視線を落とした。そこにはほとんど固形と言っても差し支えない精液が、べったりとこびりついていた。

レノールは恥ずかしそうに頬を染めながら、付着した勇の精液を拭き取る。

騎士である彼女が恥じらう姿に、勇の下半身は静まるどころかさらに膨張し、硬くなっていく。

「それでも……まだこんなに元気なんですね。それなら」

レノールはそう言って、勇の股間に向けて顔を沈めた。粘膜にレノールの息が当たる。

簡素な刺激だが、一度射精したペニスにはとても心地よい。

湧きあがる快楽に耐える勇の反応を楽しんだレノールは、そっと舌を伸ばし、精液で汚れた裏筋を舐めあげてくれた。

たったそれだけで、勇の身体に電流が走った。

途端に身体中から力が抜け、勇はベッドへと倒れ込む。

レノールはペニス全体に付着していた精液を綺麗に舐め取ると、パンパンに腫れた亀頭を口に含む。

「んっ……」

口をめいっぱい開けてなお持て余すのか、彼女は苦しげな吐息を漏らした。

下から押しあげる熱く柔らかな肉の感触と、上に当たる上顎の骨で優しく包まれ、勇のモノが快感にとろけていく。

徐々にレノールの口内から空気が抜けて、頬肉や舌、そして上顎が亀頭に密着してきた。

そうして口内が真空状態になったのを確かめると、少しずつ舌を動かし始める。

その舌はまるで指かと思うほど自在に動き回り、亀頭全体を舐め回していく。舌の腹がなんども裏筋を往復し、勇に甘い痺れを与えていた。

「くっ……あっ、そんなにしたら、また……すぐに！」

口内は涎《よだれ》で満たされているとはいえ、ざらりとした摩擦の強い動きに、勇の敏感な粘膜はどうあっても反応してしまう。がくがくと震える足を押さえ込むのに、全神経を注いだ。

「んっ……ちゅぷっ、ちゅぽっ、くちゅ」

だが、レノールは舌の動きだけでは飽き足らず、リズミカルに頭を動かし始める。

派手な水音、吸引による締めつけと縦の動きが融合して勇の官能を責めた。

縦の動きが加わってなお、レノールの舌は執拗にカリ首を舐め回すのをやめはしなかった。

いつまでも続く快楽で、勇の男根に許容量を超えた血液が送り込まれていく。

限界を超えたペニスは鈍痛を伴いながら、爆発へ向けて性感を凝縮させ始めた。そんな男の反応を察してか、レノールは喉奥までペニスを押し込むと、強烈なバキュームで吸いついてくる。

「それっ！　ああ……うっ！」

美女の口奉仕に誘われるがまま、勇はレノールの喉へと精を吐き出した。

肉棒の収縮運動に合わせて、レノールの喉が膨らんでは萎む。勇がそんなレノールの口からペニスを引きずり出すと、濃厚な雄の臭気が部屋中にまき散らされる。

精液と混じり合った唾液がねっとりと糸を引き、レノールの唇とペニスの先端を繋いでいた。

「だ、大丈夫ですか？」

下半身の汚れも拭かずに、勇はまっさきにレノールの心配をした。

だが、事を終わらせたレノールは何事もなかったかのように、勇に向き直る。

「こほっ……ええ、大丈夫です」

一度だけ、小さく咳き込んだレノールだったが、それ以外は確かになんともなさそうだ。

「勇者様のメンタルケアも私の仕事ですから、必要であれば、いつでもお使い下さい」

一瞬、レノールがなにを言っているのかわからずに、勇は首を傾げた。しかしすぐに、彼女がウィザルから、召喚勇者たちの性処理も任されたのだということに気が付いた。

「それでは、また明日」

当のレノールは気にしたふうでもなく、勇の部屋をさっと後にする。

ひとり残された勇だったが、部屋に入ったときに感じていた不安は、確かになくなっていた。

† † †

レノールは各部屋を回って、まずは、勇たちと勇者とのコミュニケーションを取った。

召喚された五人は、それぞれがまったく異なる性格をしており、レノールは話を合わせるのにかなりの苦労を強いられた。それでも、少なくではあるが五人との時間を共有したレノールは、報告のために王のいる部屋へと向かう。

「失礼いたします」

「遅かったな、レノール」

書類に目を通していたウィザルが、待ちわびたようにレノールを部屋へと迎え入れる。

「申し訳ありません。召喚された勇者たちがどのような人物なのか、確認しておりました。万が一にも、我が王国に害をなす存在であるなら、対処しなければなりませんので」

「そうか。やはり、お前を監視役に選んでよかった。それで、どうだった？」

「はい。会話やスキンシップで人柄を見ましたが、そのような心配はいらないようです。ひとり、レイジという青年だけは腹の内を見せていないようですが、我が国をどうこうするというよりも、自分が置かれた状況を良くしたいという思いが強いようです」

ウィザルはそれを聞いて、ほっと胸をなで下ろしたようだ。

「ならばよい。しかし、相手は異世界人だ。少しでも不穏な気配を感じたらすぐに私に知らせろ」

「はい、畏《かしこ》まりました」

レノールは恭しく頭を下げると、王の部屋を後にした。

三話　荒廃する世界

「皆さん、お集まりですね」

一緒に召喚された五人が食堂に集まると、タイミングを見計らったようにレノールが現れた。

「お食事がまだの方は食べながらでもいいので、まずは話だけ聞いて下さい」

レノールは食事の手を止めようとした永羽にも、そのままで問題ないと促すと話し始める。

「これから一週間。あなたたちには、私と一緒に修行をしてもらいます。あなたたちは選ばれた特別な存在ではありますが、相手にする魔女もまた特別。最低限の覚悟と戦闘技術がなければ、瞬く間にやられてしまうでしょうから」

「……それで、具体的にはどんなことをするのかしら？」

そう聞き返したのは、意外にも舞菜だった。その目には納得ができない答えを返したら、すぐにでも噛みつこうという意思が見て取れた。

「まずは皆さんが、なにが得意なのかを見極めたいと思っています。その後で、それぞれに合わせた訓練メニューを考えましょう」

「説明になってないわ。役に立たないわね……。わたしたちに何ができるのかを確認するにしても、最終的にはどこを目指すのかとか、色々あるわよね？　その説明をしてほしいって言ってるのよ？」

些細なことで噛みつく舞菜にも、レノールは困った顔一つせず、なるほど確かに、と頷いた。

「では最初に、ウィザル様が皆さんに授けた力について説明します。皆さんはこの世界に召喚された時点で、通常の人を凌駕する体力と魔力が授けられました。大抵の人間相手なら、片手でも圧倒することができるでしょう。ただし魔女を相手にする場合は、身体能力だけで勝つことはできません。魔女を倒すには、魔法を使いこなさなければならないからです」

勇者たち、とくに舞菜に言い聞かせるようにレノールは続ける。

「そこでまず今から、皆さんが使用できる魔法を確認してしまいましょう。ひとりずつ、私に手のひらを見せたまま魔力を外へと放出してみてください。ああ、難しく考えず。手のひらに力を込めるだけで、魔力は放出されますから」

さあ、とレノールは一番近くにいた舞菜に手招きをするが、彼女は不審がってそれを拒絶する。

「……じゃあ、俺から頼もうかな。手を見せて、力を入れるだけだろ？　ほら」

と、勇が代わりに手を差し出し、力を込めてみる。すると、勇の手のひらの上でしゅるしゅると音が鳴り、空気がわずかに渦巻いた。

「なるほど。勇さんはスタンダードな魔力をお持ちですね。残念ながら得意な系統の魔法はありませんが、不得意な魔法もなく、堅実な魔法体質を持っているようです」

「あたしのも見てよ」

「構いませんよ」

その様子を見て気になったのか、優香が手を差し出してきた。だが、力を込めた手には勇のような魔力の渦が起こらない。

「人によって、発露の仕方が違うんです。……優香さんは少し珍しいタイプですね。体内で魔力を循環させるのに特化しているようです。力を込めると、全身が熱くなってきませんか？」

「……確かにそんな感じね。ねえ、これってなにか凄いこと……できるの？」

「肉体強化が主ですね。もっとスムーズに魔力を循環させることができれば、身体一つでかなりの戦闘能力を発揮できるはずです。では、お次はトワさん、いかがですか？」

「そ、それじゃあ……お願いします」

緊張した面持ちで、永羽がレノールに手を差し出した。

レノールはその手を取り確認する。

「っ!?　こ……これは」

永羽の手からは、なん本もの淡い光の線が伸びた。

レノールはそれを見た途端、顔色を変えた。その表情は、困惑と希望が半々に混ざり合っている。

「あ、あの……レノールさん。わたし……」

レノールが言葉を失ったことで、永羽が不安で身を震わせた。

「あっ、ええ。すみません。少し驚いてしまって」

潤む瞳で見つめられたレノールが我に返り、永羽に謝罪する。そして、永羽を安心させるように柔和に微笑んだ。

「トワさん、貴方が、とても希有《けう》な能力を持っているものですから」

「どういうことですか……？」

「まず、トワさんは他の四人に比べて、多くの魔力を練ることができるようです。通常はたとえ勇者であり、身体の中に大量の魔力を有していても、それを練り、外へと放出する量には制限がついてしまいます。これは、急激な魔力枯渇によって生命活動が停止してしまわないようにある、ストッパーのようなものなのですが……トワさんは、他の人よりも許容量が大きいのです」

「……？」

説明を聞いても、あまり上手く理解できないのか、永羽はどういうことだろうと首を傾げた。

「簡単に言えば、魔力の使用に関して制限がありません。そして、ここからが重要なのですが——」

と一旦、間を置いてから、レノールは永羽の目をじっと見つめた。

「あなたは自分の魔力を、他人に分け与えることができるようです」

「魔力を……分け与える？」

「ええ。これは誰もが持っているものではありません。いうなれば特殊体質です」

「特殊、体質……」

よくわかっていないのか、永羽はそうなんだ、と首を傾げながら呟いた。

「ふぅん、そういう感じなんだ。それじゃあ、わたしもお願い」

勇と優香、そして永羽がレノールの鑑定を受けたことで安心したのか、舞菜もレノールに魔法の素質を確認してもらう。

「マイナさんはどうやら、回復魔法が得意のようですね。あと、レイジさんは魔法の本質を見ることが得意のようです」

レノールは最後に、未だ手を差し伸べていない冷司の魔法系統を断言した。

「……なぜわかる」

「身体から漏れる微妙な魔力の匂いが、私と似ています」

「……ちっ。それじゃあ、この力を存分に有効活用させてもらうよ」

「それがいいでしょう。――ああ、そうです。魔法を使用するにあたって、いくつか注意点を教えておかなければなりませんね」

「注意点……ですか？」

レノールの言葉に、永羽が首を傾げた。レノールは「はい」と頷いた。

「当たり前と言われてしまえばそれまでですが、魔法を使えば魔力を消費します。消費した魔力は特別なことがない限り、回復しません」

「回復しない？　それじゃあ、なくなったらおしまいなのか？」

「いい質問ですね、イサムさん。時間経過では回復しませんが、魔力を含んだ食材を使った料理などで補充することができます。ほとんどの場合、消費した魔力は食事で補うことになるので、覚えておいてください」

「わかった。ありがとう」

魔法と魔力に関する説明を終えたレノールは、他に質問をしてくる人がいないことを確認すると、次の話題へと移る。

「では、ここからの時間は皆さんの意見も踏まえてトレーニングの内容を決めていきましょう。まずは、一番決めやすそうなイサムさんから」

その日の残りは、雑談混じりの打ち合わせで過ぎていったのだった。

† † †

勇たちがパラデムロッジ王国へやってきてから、数ヶ月が経った。

その間、勇たちはレノールとともに修行に明け暮れ、自らの力を自由自在に使用できるまでに成長していた。

そしてついに今日は、魔女の住む森への偵察を行うことになった。

作戦の当日。指定の時間よりもだいぶ早く待ち合わせ場所である城門の前へとやってきた勇だったが、そこにはすでに人影が一つあった。

「おはよう永羽、やけに早いな」

「あっ、勇さん。なんだか、落ち着かなくて」

永羽は胸に手を当てて深呼吸を繰り返す。その頬はわずかに上気し、朱色に染まっていた。

「俺もだ。レノールは緊張する必要ないって言ってたけど、どうしてもな」

強張った面持ちでふたりが笑い合っていると、そこへレノールが舞菜と優香を連れてやってきた。

「トワさん、イサムさん。おはようございます」

舞菜と優香はこれからの任務に緊張していないのか、永羽や勇と違って涼しい顔をしている。

それぞれがそれぞれに挨拶を返すと、場を一瞥した舞菜が、ぼそりと呟く。

「あとは冷司だけね」

それに対し、レノールが申し訳なさそうに答えた。

「残念ながらレイジさんは参加されません。体調を崩され、現在医師が治療を試みているようですが……どうやら強い緊張に苛《さいな》まれて内臓が弱っているらしく、戦闘はとてもできないという話です」

その言葉に、優香が目を向いて怒気を放った。

「はぁ!?　あいつ、いつも平気な顔しといて、いざってときにストレスで病気になって戦えないですって？　ふざけてるの？　今から医務室に行って引きずり出してやるわ！」

「お待ちください！　出発をこれ以上遅らせるわけにはいきません。すでに魔女ギネヴィアが王国侵攻の準備に入っているという情報もあります。一分一秒を惜しむ段階なのです。皆さんには勇者がひとり欠けた状況で申し訳ありませんが、やっていただくしかありません」

レノールは強い口調でそう言うと、数人の部下を連れて森の中へと進んでいった。

勇たちは仕方なく、その後を追う。

「冷司さん、大丈夫かな？」

「城で留守番なんだから、心配する必要ないんじゃない？　それより、目の前のことに集中しなさい」

冷司の心配をする永羽に、優香がそう言って話題を遮った。

それからしばらく、一団は無言のまま森を歩き続けた。

どれくらい歩いたか。木々が空を隠すほど深くまで来たところで、レノールが突然足を止めた。

「どうしたんですか？」

と聞く勇にレノールは、

「静かに」

と人差し指を立てて、口元へと持っていった。

その緊迫感のある声色に、四人が息を呑む。

「……周囲に、魔獣の気配が。どうやら囲まれたようです」

レノールは部下に手で、戦闘準備をするように合図を送る。少数精鋭の部隊は、レノールの指示に素早く従い、臨戦態勢に入った。レノールが手を振り下ろせば、いつでも動き出せるだろう。

緊迫の空気が木々の合間を縫い、広がっていく。そして、目一杯に緊張の糸が張り詰めたそのとき、レノールが叫び、腕を振り下ろした。

「来ます！」

声と同時に、藪や大木の影から次々と、瘴気を身に纏った獣が飛び出してきた。

その数は十や二十ではない。

邪魔者を排除するという一つに意思によって統率された大軍が、勇たちへと牙をむく。

勇は訓練の基本を思い出し、体内の魔力を練り始める。その魔力を変質させ、剣を作り出した。

実体のないその剣は物質を斬ることはできないが、代わりに当たったものに束縛の魔法を掛けることができる。勇はこれを習得するまでに、かなりの時間をかけたことを思い出す。

「……よし！」

その時間を無駄にしないように、襲いかかる獣たちへ向けて果敢に剣を振るった。

† † †

その前方では……。前線の要である優香が、初めての実戦に気分を高揚させていた。

全身に魔力を循環させる。筋繊維の一つ一つに動力源である魔力が行き渡り、優香は身体が羽根のように軽くなるのを感じ取った。

その間は一切動くことのなかった優香に、一匹の――優香の数倍もの大きさを誇る――魔獣が格好の獲物だと飛びかかる。

助走で加速された魔獣の爪は、通常の人間では反応しきれない程の速度で振り下ろされた。

「遅い！」

しかし、コンマ数秒前まで爪の軌道上にいた優香は、魔獣の背後に移動していた。

そのまま魔獣を軽々と持ちあげ、力の限り投げ飛ばす。魔獣は空の彼方へと消えてしまった。

優香は強化した身体能力をフルに使い、襲い来る魔獣を殴り、蹴り、粉砕していくのだった。

† † †

一方、後方支援として戦場に立つ舞菜と永羽は、お互い対照的だった。

舞菜は安全圏を確保したのち、疲弊した味方の体力回復や、怪我の治療を行っている。

その動きには、一切の無駄がない。

そんな中、永羽だけがまともに動けないでいた。

飛びかかってくる獣に怯え、うずくまる。

以前演習で経験した戦闘とはまるで違う迫力に足が竦み、立っていることができないのだ。

それでも自らの仕事は放棄せず、勇、舞菜、優香に魔力を供給し続けてはいる。

最低限だが、自分の仕事をこなしていた。

「ごめんなさい、しくじったわ」

そんなとき、どこからか舞菜の声が響いた。

「え？」

その数瞬後、ごとりという重たいものが落ちる音と共に、永羽の足下に人の腕が転がってきた。

応戦していたレノールの部下のひとりに対し、舞菜の回復魔法が間に合わなかったのだ。

負傷した兵士はそのままトドメを刺され、体を魔獣に食いちぎられバラバラにされてしまう。

「ひっ！」

目の前で繰り広げられる凄惨な光景を見て、永羽は恐怖で震えあがった。

（や……やっぱりこんなの、わたしには無理だよ……！）

身近に現れた死を予感させる存在に、永羽の思考は弱気なものへと変化していく。

（レノールさんはわたしのこと凄いって褒めてくれたけど……こ、怖い……）

その弱気は瞬く間に永羽の心を浸食していく。永羽はぎゅっと目をつぶり、完全にその場で足を止めてしまう。

（ここでうずくまってれば、きっと終わってくれる……。そうだよ、だって優香さんや勇さんが戦ってくれてるんだもん。わたしは魔力を供給し続ければ、ふたりが終わらせてくれるはず！）

しかし、永羽が考えた理想は一瞬にして砕け散った。

目を瞑り、耳を塞いで丸まっていた永羽の鼻腔に、魚が腐ったような生臭さが漂ってくる。

「……え？」

永羽が目を開けて顔をあげるとそこには——涎を垂らし戦意をむき出しにした魔獣の顔面があったのだ。

「ひっ！」

咄嗟にその場から飛び退くと、一瞬前までいた場所に魔獣の黒く太い腕が突き刺さる。

「やだ、こないで！　うあっ！　……つぅ」

魔獣から距離を置くために走り出そうとした永羽だったが、慌てた拍子に足がもつれ、その場に転倒してしまった。

背後には黒く、大きな塊が迫っている。

（あ……）

切迫する中で、永羽は辺りの風景がゆっくりと流れ始めているのに気がついた。

足下に腕が飛んできた光景がフラッシュバックし、濃厚な死の恐怖が永羽の心を押しつぶす。

「いや……いやぁあぁぁぁぁ!!　誰か助けてっ！　助けてぇえぇぇ!!」

恐怖に打ちのめされた永羽はとうとう取り乱し、泣き叫んだ。

闇雲に腕を振るい、尻餅をついた状態で後ずさりする。

突然の奇行に、一瞬だけ魔獣はひるんだが、それだけだった。獲物が精神的に摩耗していることを知った魔獣は口を大きく開けて牙を晒し、太いうなり声をあげる。

その圧倒的な恐怖に、見開いた目からは涙がとめどなく溢れ、永羽は逃げることさえ諦めた。

自然と身体から力が抜けていき、その場で呆然とただ座り込んだ状態になってしまう。

そんな無防備な状態の永羽に、魔獣の爪が振り下ろされた。

「おい、大丈夫か!?」

――そのときだった。勇が茫然自失となった永羽を、寸でのところで抱え、飛び退いていた。

土煙に忍んで魔獣から距離を取った勇は、泣き崩れる永羽の肩を掴み、何度も揺する。

「助けて……助けて……うぅ……助けて…………タスケ……」

しかし、永羽は壊れたレコードのように同じ言葉を呟くだけだ。

「大丈夫ですか、イサムさん。トワさんは……」

緊迫した勇のかけ声を聞きつけ、レノールが駆けてくる。

手早く永羽の様子を確認し、レノールは即断した。

「全員、撤退！」

短いかけ声が全ての人間に届き、勇たちはその場から逃げ出した。

† † †

一行は追手を振り払いながら、安全が確保された王国領土までなんとか一時撤退を果たした。

「初陣が、こんな無様なものになるなんて……」

自嘲気味に呟いたのは、優香だった。優香は、目を見開いたまま涙を流し、力なく言葉を繰り返している永羽に近付くと、その胸ぐらを掴みひねりあげた。

「まさか、こんな役立たずがいるなんて思ってもみなかったわ？　ねえ？」

「ちょっと待てって！　永羽はとっても怖い思いをしたんだぞ？　そんなに責めることないだろ」

「それはあたしたちも同じ。この子だけ特別扱いできない」

口論になりかける勇と優香に対して、舞菜が声をかける。

「それもそうだけど、こうなった原因の一つは冷司よ。そっちは責めないの？　あの役立たずが出てこなかったせいで、後方支援のわたしたちが必要以上に危険に晒されたってこともあるはずよ」

ふたりはそれを聞いて争うのを止め、特に優香は賛同するように頷く。

「確かに。この子は現状話を聞いても無意味そうですし、まずは冷司に文句を言いに行きましょう」

その提案を、勇も断る理由がない。問題が起こりそうになったら間に入ろうと心に決めて、すでに歩き始めた舞菜と優香のふたりについていく。

レノールは「私はトワさんを医療室へ連れて行きます」と言って、三人と別れていた。

冷司の部屋の前に着くと、優香は乱暴にその扉を叩き、大きな声で呼びかける。

「冷司、聞いている？　今日は皆で魔女の森へ行く予定だったのよ？　あんたがいなかったせいで、戦力が足りなくて失敗したの！　どう責任を取るつもり？」

優香が扉越しに冷司へと語りかける。しかし、扉の向こうからはなにも反応がない。

「仕方ない……」

痺れを切らせた優香は、体内に魔力を循環させることで通常では出せない力を引き出す。そうして、冷司の部屋の扉を破壊した。

扉は内側へ吹き飛び、閉ざされた部屋に穴が開く。

「意気地なしめ、その性根を叩き直してやる……え？」

と壊した入り口から部屋へと入った優香は、途端に怪訝な表情を浮かべて、部屋の中を見渡した。

「いない……」

小さく呟く優香。その様子からは、ただ冷司が部屋にいない、という以上の混乱が見て取れる。

「俺も入るぞ」

気になった勇が優香を押しのけて部屋の中へと入った。

そして、優香が困惑している理由を知った。

冷司の部屋は、壁一面に途方もない量の数式が書き連ねられていたのだ。

床には数々の本が散乱し、そのほとんどに付箋が挟まっている。

勇が一冊手にとって中身を確認すると、そこにはさらにびっしりと線が引かれ、余白には思考を整理するためのものなのか、メモが書かれていた。

そこには「効率のいい魔力の運用法や体内魔力を計測する方法の模索が必要」などと綴られている。

（どういう意味だ？）

「……あのスカシ、自分だけ逃げたんだ。まったくこれだから威張っているだけの男は嫌いなのよ」

勇が顔をあげると、額に皺を寄せる舞菜がいた。

その手には一冊の手帳が握られている。

「これ……」

舞菜は手に持っていた手帳を勇の前にぞんざいに投げた。それを拾いあげた勇は、パラパラと中身をめくっていく。

中はびっしりと文字が書き込まれている。

途中で頁《ページ》が真っ白になったので、慌てて最後に書き込みがある頁へと戻る。

そこには昨日の日付が記入されており、短く『この世界ともさようならだ』と簡潔に書かれていた。

「まさか冷司のやつ、ひとりで日本に帰る方法を探っていたのか？」

「そう言ってるでしょ？　わたしに確認しないと、それくらいもわからないの？　多分、城の医者も賄賂を渡して買収していたんでしょうね。偽の診断結果を伝えさせて、わたしたちがいない隙に逃げ出したのよ。五人とも帰るには膨大な魔力が必要でも、ひとり分なら訓練期間の間に確保できたのかもしれない」

いつもどおり毒をまき散らす舞菜だったが、その表情に余裕はない。

直前の戦闘で永羽が再起不能になり、立て続けに冷司が消えた。

しかも魔女を倒すことなく、自らの手で異世界転移を行って、である。

「なんとかあたしたちも、冷司が使った転移の方法を試せない？」

「この見てるだけで頭が痛くなる数式の意味が理解できる？　無能な優香と勇には、できないでしょうね……。フリーターとか言ってたけれど、本当は学者かそれに準ずる立場だったのかもしれないわ。こんな数式、ただの一般人が使えるはずがないもの」

舞菜の皮肉に、勇も優香も押し黙った。

つまり、冷司は最初から自分ひとりだけでも日本に帰るため、勇たちを欺いていたのだ。

しばらく黙り込んでいた優香だったが、ぼそりと呟いた。

「偉そうなこと言ってるけど、こんな数式、あなたも使えないでしょ……」

ふたりの間に、剣呑な空気が満ちていった。

四話　背中を預けた仲間

冷司がいなくなり、永羽が廃人のようになってから数日が経った。

その間も、舞菜と優香の関係は日に日に悪化していった。

「よお、優香」

「……どうかしたの？　またあたしたちのご機嫌取りかしら？」

勇は、お互いに剣呑な雰囲気をまき散らすふたりの間を取り持つために奔走していた。

「そんなこと言うなって。お前たちが心配なんだよ。一緒にこっちの世界に連れてこられた仲間だろ？」

「……仲間ね。舞菜が本当にそう思ってると思うの？」

聞き返された勇は、困ったような笑顔を浮かべた。

「気持ちはわかるけど……ここで俺たちがバラバラになってもなんにもならないだろ？」

「それはそうね。だけど、冷司はいなくなって永羽も使いものにならない。そんな状況なのに舞菜は平然としているのよ？　あたしに気を遣う前に、舞菜の説得でもしたらどうかしら？」

すでに勇の言葉を聞く気がない優香は、背中を向けて歩き出した。

「おい、優香！」

まったく譲る気のない優香を諦め、勇は舞菜の説得を試みることにする。

「おーい、舞菜！」

昼食を摂るために食堂まで出てきた舞菜に話しかけると、彼女は大きなため息を吐いて勇を睨みつけた。

「なんです？」

不愉快なものを見たように、顔をしかめさせる舞菜。勇はそんな舞菜が座った席の隣へ腰掛ける。

「実は……」

「優香と仲直りしてほしいんですよね？　あなたの考えそうなことはわかってます。だけど、それはできないわ。なんであんな無能のために、わたしが頭を下げなければならないの？　もちろん、あなたのことに関しても同じ」

きっぱりと言い切った舞菜に、勇は頭を抱えた。ふたりの意見の相違はいつまでも埋まりそうにない。

今後予定通りに魔女を倒すには、これ以上の戦力減退は避けたいと勇は思っていた。

近接戦闘に特化した優香と、後方支援に特化している舞菜だ。

このふたりがきちんと役割をまっとうすれば、たとえ無制限の魔力を持つといわれる魔女でも、作戦上は倒すことができるはずだった。

だが、舞菜は勇の言葉に耳を貸さない。

「話がそれだけなら、わたしはもう行くから」

取りつく島もない舞菜に、それでもなんとか理解してもらおうと勇が食い下がる。

「そこをなんとか――」

しかし勇の言葉を遮って、唐突に建物が揺れた。

重量物が軋む重い音が響き渡り、通常の人間なら立っていられないような振動が足下を揺らす。

勇者として召喚され、身体能力に補正が掛かっているふたりは、なんとか転ばずに済んだ。

「じ、地震か？」

突然の揺れではあったが、日本で地震に慣れていた勇は、虚空に視線を漂わせながら呟いた。

「あなたこの一ヶ月間、なにも調べてないの？　馬鹿だと思っていたけど、あなたの頭の悪さはわたしの予想以上ね」

勇以上に落ち着き払っていた舞菜が、当たり前のように勇を罵倒した。

「王国が建国されてからこれまで、一度だって地震が起きたことはないのよ。地盤がかなりしっかりしているみたいで、この土地で地震が起きる頻度はかなり低いわ。つまり――」

舞菜の説明を遮るように、バタバタと足音が響き。扉を破るような勢いで食堂の扉が開かれた。

慌ただしく食堂へと入ってきたレノールが勇と舞菜を見つけ、安堵すると同時に緊迫感のある声で叫ぶ。

「イサムさん、マイナさん！　敵の襲撃です！」

その内容に勇は動揺し、その場で身構えた。

一方で舞菜は微動だにせず、薄く唇を引きあげて笑う。

「そういうことよ、わかったかしら馬鹿さん？　レノールさん、敵はどうせ魔獣でしょう？　なら、すぐに済ませましょう」

舞菜はレノールに、魔獣が出現したという城壁付近へと案内させる。

「はあ……派手にやってるわね」

現場へと到着して早々に目に入ってきたのは、すでに複数の魔獣を相手に大立ち回りをする優香の姿だ。

優香は、数匹の魔獣を相手にしても一歩も引かない戦闘を繰り広げている。その数は森の中のときと比べれば遙かに少ないが、それでもひとりで相手をするには十分多いといえた。

また、周りにはすでに数匹の魔獣がぴくりとも動かずに倒れている。

「まったく、歯ごたえがない魔獣ばかり！」

優香は飛来する鳥型の魔獣の頭を的確に殴り、昏倒させながら叫んだ。

気迫に怯んだのか、魔獣たちは一旦攻撃の手を緩めて、優香の様子を窺う。

「まったく、これくらいで怯むなんて緩いわね……。ん？　舞菜に勇ね。ようやく来たんだ。随分遅かったのね」

魔獣の猛攻が止み、余裕ができた優香はそこでようやく遅れてきたふたりに気が付いた。

「あなたたちは、そこで見ていてもいいわよ？　これくらいあたしひとりでも倒しきれるわ。特に舞菜みたいに戦力にもならない回復役がうろちょろしてたら、邪魔になるくらいよ」

「おい！　そういうことはダメだって、言っただろ!?」

明らかに舞菜を挑発する優香。勇はそれを咎めるが、優香は気にした風もない。それどころか強気に目を輝かせ、そのまま動きを止める魔獣たちに突っ込んでいった。

「イサムさん、私たちも行きましょう！　ユウカさんがいかに強くても、この数が相手ではさすがに城の被害が広がってしまいます」

レノールは冷静に状況を判断すると、勇へ提案する。勇は頷くと、腕を組んだまま動かない舞菜へ声をかけた。

「舞菜、俺たちも出るからバックアップを頼む！」

勇とレノールは走り出し、また複数の魔獣を相手にし始めた優香の元へと駆けつける。

「優香、大丈夫か!?」

「あたしひとりでも問題ないって言ったでしょ？　まあ、早く終わる分には楽ができていいけどっ……と！」

飛びかかってきた魔獣を裏拳で吹き飛ばしながら、優香は笑った。

それを皮切りに勇とレノールとも連携を取りながら、魔獣を倒していく。

身体ポテンシャルの高い優香が次々と魔獣を倒していく。その中で、殴りつけた大型の魔獣が吹き飛び、舞菜が立つ付近へと落下した。

爆音とともに、床の石が割れる。

「危ないじゃない！　こんな巨体が直撃したら――」

咄嗟に回避していた舞菜だったが、それでもバランスを崩して転んでいる。

「ごめんなさい？　少し手元が狂ったみたい」

「おい、今は戦闘中だぞ！」

不穏な空気を漂わせるふたりを気にしながらも、勇も魔獣を次々と倒していく。レノールも、勇者である優香と勇に遅れを取らず、襲いかかってくる魔獣と戦闘を繰り広げた。

しかし、魔女の森で戦ったときよりも敵の数は少ないとはいえ、かなりの数の魔物がいるのには違いない。

どうしても避けきれない攻撃は存在していて、三人は徐々に疲弊していく。

「くっ！　さすがに数が多いな……。舞菜、回復を頼む！」

待機していた舞菜は、ため息を吐いて仕方ないとばかりに回復魔法を発動した。

勇たちの周囲にぼんやりと暖かな光が浮かびあがる。

「よしっ！」

しっかりと傷と疲労が消えていることを確認した勇は、残りの魔獣へと向かおうとした。

「舞菜、どういうこと!?」

だが、優香が舞菜を睨みつけたまま、その場を動かない。勇が確認すると、なぜか優香の傷が癒えていない。それどころか、優香の周囲に倒れていた魔獣たちがむくりと起きあがり始めた。

「なにって優香、あなたさっき、ひとりでも倒しきれるって言ったわよね？　回復役は邪魔になるって。だからあなたの言葉に従って、あなたには回復魔法が当たらないようにしたの。なにか問題ある？」

舞菜は髪を掻きあげながら、当たり前のことであるように言い切った。

そこに、優香を追い詰めるためだけの悪意を感じ取った勇が、すかさずツッコミを入れる。

「いやいや！　だからって周りの魔獣を回復する必要ないだろ！」

「手違いよ。許してくれるわよね？」

そういう舞菜は、うすら笑いを浮かべていた。その顔を見て優香は目を細め、舞菜を再び睨む。

しかし、どう頑張っても優香自身には回復魔法は使えない。

憤っている間にも、魔獣たちは優香へと襲いかかってくる。魔獣はその前足を振りかぶり、優香に向けて爪を振り下ろした。

「……っ！」

疲労と傷の痛みに優香の動きが遅れ、それは致命的なものとなった。

「ユウカさん！」

レノールの声と同時に、優香の身体が衝撃で押し出された。

「っ……!?」

優香が地面に転がる直前に見たのは、魔獣の爪に肩を裂かれるレノールの姿だった。

大量の出血を伴い、地に倒れ伏すレノール。

勇が咄嗟に魔獣へと斬りかかり、実態のない刃で貫き、動きを止める。

レノールに押されたことで、間一髪、魔獣の一撃から逃れた優香が叫んだ。

「舞菜……やってくれた、わね！」

「自分の無力を人のせいにするっていうの？　とんだ被害妄想だわ」

優香は舞菜を睨みつけ、舞菜は優香を蔑んだ瞳で見返した。

ふたりの間に漂う空気が、一層濁っていく。

「あ〜！　お前らいい加減にしろ!!」

そんな空気を切り裂くように、勇の怒号が周囲に響き渡った。

「お前ら、なんでそんなに自分勝手なんだよ！」

舞菜と優香は、互いに向けていた視線を外し、勇を見た。勇はふたりから向けられる威圧的な視線を振り払い、叫んだ。

「俺たちがちゃんと戦えば、こんなやつらすぐに倒せるだろ！　そうやってお互いの足を引っ張り合ってたら、そりゃ勝てる相手にも勝てないに決まってるだろ！」

勇はいがみ合うふたりを見返してやる。ひとしきり大声を出して怒りの衝動が収まると、ふぅと大きく息を吐いた。だがその目には、勇が普段見せない怒りの感情が浮かび続けている。

「あなたは黙ってて。これはわたしと優香の問題なんだから」

勇に怒られたことで、酷くプライドを傷つけられたのか、舞菜が食って掛かった。

「舞菜と優香が、お互いに譲らないからレノールが大怪我をしたんだろ？」

「それは、あとでわたしが治すから問題ないでしょ？」

「だったら、今すぐに回復魔法を使えよ。優香といがみ合ってる時間があるなら、少しでも早くレノールの傷を治すのが舞菜の役目だろ。出来ないのか？　あと、優香にも忘れるなよ」

「……っ。わかってる」

怪我をさせる原因を作った負い目もあるのだろう、舞菜は仕方なく、といった風にレノールへ回復魔法を掛けた。

ぞんざいではあるが、優香にもやっと回復魔法が掛かり、傷が癒えていく。

「優香、いけるな？」

「……え、ええ」

「なら残ってる魔獣を手分けして倒すぞ。俺は右。優香は左だ」

優香は頷くと、すぐに残っている魔獣へと向かっていく。それを見届けた勇も、優香とは反対へと走る。舞菜に回復されて何匹かは復活したとはいえ、魔獣の残りは少ない。

多少の無理を覚悟して、勇は敵の間を駆け抜ける。傷を負ったレノールと、それを治癒する舞菜に魔獣の目が行かないように立ち回り、着実にその数を減らしていく。

「優香！」

死角となった場所から優香を襲おうとしていた魔獣を斬り伏せた。

「大丈夫か？」

「ええ、お陰様で……っと！」

優香が勇の背後に迫っていた魔獣を殴り飛ばす。

「……油断しないで」

「あ……ああ」

そこから、勇と優香の猛攻は激しさを増していった。適度なタイミングで入る舞菜の回復によって、疲れ知らずで暴れられるためだ。

三人が力を合わせ始めてから、ものの数分もせずに、その場にいた魔獣は全滅した。

まだ余力を残す勇は腰に手を当てて、やれやれと首を振った。

「な、言っただろ？　俺たちが力を合わせれば雑魚くらい、一瞬で片付けられるんだ」

「……はあ、悔しいけどそれはそうね」

「まさか、役立たずの勇に教えられるなんて、思ってもみなかったけど……」

目配せをする三人――特に舞菜と優香――の間には、お互いを信用しないまでも、協力関係を築いてやってもいい、という空気が漂っていた。

勇はひとまずの仲裁を成功することができて、ほっと胸をなで下ろした。

五話　神

「マイナ様、失礼いたします」

魔獣に城を襲撃された日の夜。舞菜の部屋に城の使用人がやってきた。

「……なに？」

部屋で王国の歴史に関する資料を読みあさっていた舞菜は、顔もあげずに使用人に応えた。

「ウィザル国王様からのお呼び出しです。すぐに謁見の間まで来てくださるようにと」

「……今日は色々あって疲れてるの。明日じゃダメなの？」

「はい、緊急の用事だということです」

「……はぁ。わかったわ」

開いていた本を閉じると、舞菜は立ちあがって使用人の後に続いて部屋を出た。

最低限の明かり以外は灯されていない廊下を歩き、ウィザルの待つ謁見の間へと赴く。

「こんな時間に女性を呼び出すなんて、なかなか度胸が据わっていますね」

「急なことですまんな。だが、君には伝えておかなければいけないことがあってだな」

ウィザルは皮肉を聞き流し、神妙な面持ちで舞菜を迎え入れた。

「優香や勇を抜きにして、わたしだけに伝えなければならないこと、ですか？」

「うむ……。魔女、ギネヴィアに関しての重要な秘密についてだ」

「魔女の重大な秘密……？」

「うむ」

「それは嬉しいわね。それで、その秘密っていうのはどんなものなの？」

「まあ待て。それを知っているのは儂ではない」


片手のひらを舞菜に向けて、慌てるなと制する。

「よく、儂にアドバイスをくれるお方がいてな。そのお方が、魔女を倒す方法を知っているそうなのだ」


「そんな胡散臭い話を聞かせるために、わたしをここに呼んだの？」

舞菜は、あからさまにウィザルを疑ってかかる。

ウィザルは通常運転の舞菜の口の悪さに、さっと顔を青ざめさせた。

「馬鹿もの！　口を慎め！　あのお方にとって貴様など蝋燭を吹き消すよりも儚い存在だ！　もちろん、私も含めてな……」

「ははは、ウィザル。我は気にしておらんぞ」

そのときウィザルの言葉を遮った声に、舞菜は驚きを隠すことができなかった。

そこには、ウィザルの肩に手を回す、少年とも少女ともいえないひとりの子供がいたのだから。

しかも、その子供の身体は透けているように見える。

「マイナといったか。そう緊張するな。我はただ、お主と話しをしにきただけだ。見ろ、我の身体は透けているだろう？　我の肉体は遠い場所にあってな、魂だけでここに来たというわけだ」

（落ち着くのよ……。急に異世界に召喚されたんだもの、魂だけなんていうのもあって当然。そう、当然よ）

舞菜はごくりと生唾を飲み込んだ。急すぎる展開に頭が追いつかずにパニックになりそうなのをなんとか押さえ込む。

そうしているうちにも、その子供は勝手に話を進めていく。

「まずは自己紹介といこう。我の名はカーフラ。この世界を創造した神だ」

さらりと出てきたとんでもないワードに、舞菜は咳き込んだ。

「は……ん、んんっ。か……神ですって？」

「ああ、あまりそうは見えぬかもしれぬが、正真正銘の創造神だ。勇者であるお主らをこの世界に召喚するよう、ウィザルに提案したのも我だ」

「なるほどね。神様からの助言だから、魔女を倒す方法にも信憑性がある――ってことなのね」

「そういうことだ。マイナよ。我はどうしても、あの魔女を倒さねばならぬのだ」

舞菜はその『魔女を倒さなければいけない理由』を問いただすべきか悩み――口を噤んだ。

「……わかった、信じるわ。それで、わたしに教えたい魔女の秘密っていうのは、どんなものなの？」

一つ確認したいことに目を瞑った舞菜は、自分が召喚された理由でもある魔女の秘密について、切り込んでいく。

カーフラも舞菜のこの態度を気に入ったのか、にやりと口の端をつりあげた。

「実はな……魔女ギネヴィアは不老不死なのだ」

舞菜は、不老不死、という単語を聞いて愕然とした。

「不老不死？　死なないってこと？」

「ああ、ギネヴィアは死なない。そういう呪いに掛かっている」

「そんな……それじゃあ、わたしたちがなにをしたって魔女は倒せないってことじゃない！」

それは舞菜にとって——否、残った勇者たちにとっては絶望ともいえる宣告だった。魔女の魔力を糧にして次元を渡る魔法をかける、という目的が果たせなくなるのだから。

「だからこそ、この我も数千年にも渡って、あの魔女を倒せなかった。だが、今回は違う」

拳を握りしめ、悔しさを露《あわら》にしていたカーフラがにたりと笑った。

「今回はあの憎き魔女を殺すために、秘策を用意しているのだ」

「秘策……それはどんな」

「お主らをこの世界に呼び出させたとき、我の能力を少しずつ分け与えた。それによってお主らは、通常の人ではありえぬ力を発揮することができるわけだが……。その能力と共に、ある仕掛けもお主らの身体に……そう、言ってしまえば爆弾を仕掛けたのだ」

今度こそ、舞菜は言葉を失った。

「なに、爆弾と言っても簡単に爆発するものではない。勇者であるお主らが死んだときにのみ発動する爆弾だ。その威力は、空間を歪ませるほどの威力を持っている。この爆発に巻き込めば、たとえ不死身の魔女であろうと殺すことができるだろう」

舞菜は絶望的な状況であることは自覚しながら、必死に頭を回転させた。

「殺せるっていう……確証は？」

「魔女の不死性は完璧ではない。先ほど呪いと表現したが、どんなことをしても傷つけられないわけではない。むろん、傷つけば死ぬことはある。だが、すぐに回復してしまうのだ。それが魔女の不老不死の正体であり、ならばこそ——」

「その回復速度を上回った破壊を行えば、魔女を倒せる……と？」

カーフラの言葉を引き取って、舞菜が呟いた。カーフラは満足げに笑う。

「そのとおりだ。細胞の一つも、塵すらも残さずに破壊し尽くせばいい。それが秘策だ。さあ、この秘策を使って魔女を倒してくれ、勇者よ」

その言葉を聞いて、一つ気になったことがあった舞菜は質問する。

「元の世界に帰るには魔女の魔力が必要って話だったけれど、それはどう確保するのかしら？　跡形もなく消し去ったら、魔力の回収もなにもできなくなると思うのだけど」

その指摘にカーフラは薄く笑った。

「くくく、流石に勇者の中からウィザルが選んだだけあって頭が回るな。実を言えば、魔女の魔力を回収する話は、やる気を出させる方便だ。倒しさえすれば、我の貯蔵している魔力を使い、お主たちを元の世界に戻すことを約束しよう……」

そしてそこで一拍の間を開けてから、舞菜がもっとも気になっていたことが宣言される。

「ああ……、誰を犠牲にするかは、お主が決めるといい。信用できる相手がいれば、事情を説明して協力を求めるのもいいだろう。ウィゼルによれば、信頼できる忠誠心の高い騎士……レノールと言ったか？　その者にも説明してあるということだから協力して、勇者のひとりとギネヴィアを道ずれにさせればいいだろう」

そこで、さすがの舞菜も俯いた。

（胡散臭いとは思ってたけど、最初から騙されていたなんて……屈辱だわ！　でも、ここで感情のまま怒っても無様なだけよ。向こうがわたしを利用するつもりなら、こっちだって……）

しばらく沈黙が続く。

「マイナよ、あまりカーフラ様を煩《わずら》わせるでない」

「よせよせ、ウィザル。あまりにも多くのことを聞かされたのだ、考えをまとめる時間を、持たせなければならぬだろう」

「はっ、確かに。カーフラ様の仰《おつしや》るとおりでございます」

そんなカーフラとウィザルの会話も、舞菜には聞こえていなかった。

一瞬だけ、勇と優香の顔が浮かぶ。だが、すぐに浮かんできたイメージを振り払う。

それと同時に、目の前にいるカーフラという神が、とてつもなく恐ろしい存在であることも、舞菜は認識していた。

逆らえば、なにをされるかわかったものではない。

(……どうする？　いえ、考えるまでもないわね)

一度、自身の心に問いかける。どんな選択をするにせよ、後悔がないように。

舞菜は決心を固めると、顔をあげた。

「ほう、先ほどまでとは比べものにならぬ意思の強さを感じる。して、マイナよ。お主の答えは？」

六話　森の決戦

城への魔獣襲撃を受けて以降、三人のチームワークは格段にあがっていた。

森の奥にある魔女の住処へ侵攻するための予行演習として、数度の軽い戦闘を繰り返していた。

人数が減った代わりに、三人はそれぞれの役割をしっかりと遂行することで戦闘を有利に進めていく。

戦闘を重ねることで経験を積んだ勇たちは、元々の高い身体能力と魔力量によって、魔女の放つ魔獣を無傷で倒すことができるまでに成長していた。

戦闘と休息を何度も繰り返し、少しずつ魔女の討伐へ向けて準備を行った。

そして……ついにその日は訪れる。

「じゃあ、行くか」

「やっと、この日が来たわね」

「……役立たずのふたりを連れて、ここまでくるのは大変だったわ」

勇たちは魔女の根城へ強襲を行うために、制圧した森の中で集まっていた。

「本当に、皆さんだけで大丈夫ですか？」

心配そうに聞くのはレノールだ。

「問題ないわ。これまでの戦闘で三人での連携は完璧だから。わたしたちの立案した作戦なら、必ず魔女を倒すことができるわ」

舞菜はレノールの肩に手を置いて、信用しているからこそ待機してほしいのだと諭す。

「それに、今日の戦いは激しくなるわ。万一、予想外の出来事が起きたときは、城へ戻ってウィザル王に連絡してほしいの」

「そういうことでしたら……」

レノールは死闘の地へと向かう三人を見ていることができず、俯いてしまった。

「そんなに心配するなって、元々勝算が高い戦いなんだろ？　確かに永羽も冷司もいないけど、その穴を埋めるために、色々積み重ねてきたんだからさ」

そんなレノールを安心させるために、勇は拳を握りながら言う。

「……そうですね。わかりました。私は私にできることをしようと思います。それが今は、皆さんの戦いを見守る、ということですね。必ず魔女を倒していただけると信じてお待ちします」

そう言いながらも、彼女の顔から沈痛な表情が消えることはなかった。

† † †

勇たちは森の中を進んでいった。

幾度か魔獣と戦闘を行ったが、前回の森での戦いよりも簡単に勝利を収め進んでいく。

順調に歩を進め、一行はついに森を抜けた。その先には、明らかに怪しい小屋が見える。禍々しい魔力が流れ出しているその小屋は、紛れもなく魔女ギネヴィアの住処だろう。

「やっと辿りついた……。ここからが本番ね。先に行って暴れてくるわ」

優香が魔力を全身に巡らせ、前に見える魔女の住処へと突撃していく。

それに反応したのか、魔女の住処と優香の中間辺りに、大きな魔方陣が出現し、そこから一匹の大型魔獣が現れる。どっしりとした二足で地面に立ったその魔獣は、太く長い腕を有していた。

急接近する優香に、魔獣はその長い腕を振り下ろす。

その攻撃を紙一重で躱すと、優香は急ブレーキを掛けて伸ばされた魔獣の腕を掴んだ。そして、身体にひねりを加えて腕を引く。その急な力で前へと引っ張られた魔獣はあっけなく体勢を崩し、そのまま地響きを立てて地面へと倒れ込む。

優香は魔獣の顔面へ、渾身の力で拳を叩きつけた。

白目を剥いた魔獣は、動かなくなる。しかし、それからも次々と、新たな魔獣が召喚された。

後方から届く、回復の魔法が優香を包む。

「勇、先に行って！　あたしと舞菜はこいつらを一掃してから行く！」

「わかった！」

大量の魔力を有し、強力な魔法を連発してくる魔女を倒すには、肉弾戦に特化した優香よりも、一太刀で行動を制限することができる勇のほうが適任という判断だ。

勇は次々と召喚される魔獣をすり抜けて、魔女の住処へとたどり着いた。

「……これが魔女の家か」

見た目はどこにでもあるようなウッドハウスだが、そこからにじみ出る魔力の量は桁違いだ。嫌でも勇を緊張させた。

しかし、足踏みしている暇はない。背後では優香と舞菜が魔獣たちを相手にしているのだ。

足止めをしてもらっている手前、このまま入るか否かで悩み続けるうちにふたりに追いつかれたとなれば、優香からは鉄拳が、舞菜からは最大限の侮蔑が飛んでくるだろう。

勇はギネヴィアの心臓を貫くために持ってきた短刀を、お守り代わりに握りしめた。

「よしっ」

そして、意気込みながら勇は家の扉を慎重に開けて中へと入っていく。

室内には、勇が思っていた以上に小綺麗な空間が広がっていた。

石畳が綺麗に配置された床が広がり、一定以上の広さが確保されている。壁には多くの魔道書が詰まった本棚も並べられていた。

その奥には、大きな暖炉まであった。その明かりの中に、人影が見える。

勇はそれが目的の魔女――ギネヴィアであると直感して身構える。

「来たのね……」

魔女はとても疲れているのか、気怠げに呟くと、回転する椅子を回して勇へと向き直った。

長い黒髪をほのかな明かりで照らしながら、魔女が口の端を引き延ばして笑っている。

「はじめまして、私はギネヴィアよ。もう知ってると思うけど。貴方、私を倒しに来たんでしょう？」

「ああ」

勇が頷くと、ギネヴィアはおもむろに立ちあがった。

「なら、こうしてお喋りしている意味もないわよね？」

ギネヴィアがゆったりと腕を前に突き出すと、その手のひらが光り出す。

その光は急速に強くなり、凝縮する。そして、一瞬の間もなく勇へ向かって放たれた。身構えていた勇はその魔法をぎりぎり躱して、ギネヴィアとの距離を詰めるために走り出す。

手には、魔法で作り出した相手の動きを止めることができる剣を握っている。一太刀でも入れられれば、勇の勝ちだ。ギネヴィアもそれくらいは読んでいたのか、次の魔法の準備を始めている。

手のひらから溢れた魔力が、黒い水滴となって床へと垂れ落ちる。

水滴は床へ染み込むと、渦を巻き始める。小さく弱い渦は、次第に大きく強力なものになっていく。そうして床に広がった大渦は、接触するものを全て巻き込み、取り込んでいく。

(触れたらまずいな……なら!)

勇はさらにスピードをあげて走った。勢いをつけた勇はそのまま飛びあがり、壁を蹴る。

大渦を飛び越えようとしたのだ。だが——。

「くっ!」

大渦もまた、飛びあがった勇へ向かって床から飛び上がった。予想外の動きに焦った勇は、咄嗟に魔法で生み出した剣を振るった。

剣が大渦を切りつけると、その動きがぴたりと止まる。

「……こ、こんなこともできたのか」

空中でぴたりと静止した大渦を見て、勇は胸をなで下ろした。

「そんな……!」

この結果はギネヴィアも予想していなかったのか、驚きで固まった。

勇はギネヴィアが驚きで隙を作っていることを見逃さなかった。

一瞬、ふたりの視線が交差する。

ギネヴィアは自身が今、完全な無防備であることを勇の視線で悟った。咄嗟に魔法を使おうと構えるが、遅い。ほとんど距離を詰め終わった勇は魔法の剣をギネヴィアへと突き立てる。

「しまっ――」

剣はギネヴィアの腹を貫いた。その瞬間、ギネヴィアは身体の自由を一切奪われた。いくら力を入れようとしても動くことはできず、ただ彫像のように立っていることしかできない。

「ふぅ……」

ギネヴィアの動きを封じた勇は、魔法の剣を消滅させて、短刀へと持ち替える。

「……すまん」

そう言って、勇は床に転がるギネヴィアの胸とへ短刀を振り下ろした。

心臓を貫かれたギネヴィアは、短くうめき声を吐き出して倒れ込んだ。そして、数度痙攣すると動かなくなる。

「……ふぅ」

完全に死亡したことを確認した勇は、ひとまず舞菜たちを呼ぶことした。魔女の体内に残された魔力を回収するのは、それからでも問題ないと判断したのだ。

勇はギネヴィアの死体に背を向け、出口へ向かって歩き始める。

「――あら、戦っている最中に背中を向けるの？」

「ッ!?」

死んだはずのギネヴィアの声が背後から聞こえ、勇は咄嗟に振り返った。

視線の先で……倒れていたはずのギネヴィアが起きあがり、しっかりと勇と目を合わせていた。

七話　裏切り

「な……！　なんだよそれ！」

復活したギネヴィアは、胸に刺さったままの短刀をおもむろに抜くと、そのまま床へと放り投げた。ナイフが硬い音と共に床を転がる。

「惜しかったわね。私を拘束するまではよかったんだけど……これで元通りね」

起きあがったことからも、すでに勇の拘束魔法が切れているようだ。

「心臓を刺したはずだ……」

「そうね、確かに貴方の剣は私を貫いたわ。だけど残念……それじゃあ不死身の私は殺せないのよ」

ギネヴィアは一瞬だけ悲しそうな表情でそう言うと、邪悪に笑って勇を挑発した。

そんなわかりやすい、見え見えの挑発に乗る勇ではないが、受けたショックはかなり大きい。

そしてなによりも問題なのは……、

（……不死身って、それじゃあどうやって倒せばいいんだ？）

身体の動きを封じることはできても、倒すことができないのでは意味がない。

（いや、もしこれが魔法によるものなら……）

勇はギネヴィアに不意打ちされないように警戒しつつ、投げ捨てられた短刀を拾い、構える。

（魔力が切れるまで殺し続ければ、倒せるはず。……だけど）

それでは、魔女の魔力を使っての転移を行えなくなってしまう。

「ふふ、私を殺し続けて、魔力切れで不死でなくそうと考えているなら無駄よ。私が死なないのは呪いみたいなもの。魔力も消費せずに、身体の傷は追った瞬間から修復していくの」

ギネヴィアは得意げに語る。ギネヴィアの不死性が魔力によるものでないと知れたのは、勇にとってはとても重要なことだった。だがそれと同時に、この魔女を倒すこともできないと気付く。

「……それでも」

やらなければいけないと、ギネヴィアを見据えた。

丁度そのとき、勇の背後で扉が開く音がした。

「お待たせ」

「もう倒してしまっているかと思ったのだけど、以外にノロマね」

表の魔獣を全て片付けた優香と舞菜が、家の中へと入ってきたのだ。

「舞菜……優香！」

「あら、私の可愛い魔獣たちはもうやられてしまったの？　それなりに強力な子を配置していたはずだけど……」

「強力？　あくびしながらでも倒せそうなあの魔獣が？」

優香が準備運動にもならないと、肩を大きく回した。

「だったら丁度いいかもな。優香、この魔女はまともにやっても倒せないみたいだ」

勇はギネヴィアから目を逸らさずに、戦いの中で手に入れた情報をふたりに伝えた。

ふたりの息を呑む気配が伝わってくる。

しかし勇は気にせず、身構えもせずにただその場に立っているギネヴィアへと斬りかかった。

† † †

ギネヴィアとの戦闘が始まってから、どれくらいの時間が経ったか。彼女はそれ一つで数十人の兵士を倒せそうな火球や雷撃といった魔法を連発したが、勇たちは防御と回避、それに舞菜からの回復をたよりに立ち向かう。その結果魔女の住処でもあるウッドハウスは燃えあがり、骨組みを残すのみとなってしまっていた。

そんな激しい戦いは、数とコンビネーションによって徐々に勇たちの優勢になっていく。

そしてギネヴィアを追い詰めていき、今や完全なワンサイドゲームの様相を呈していた。

長い戦闘の間に、勇は隙を見つけては短剣で何度もギネヴィアの身体を斬りつけていた。

人を斬ることに抵抗を感じ、その手に伝わる生々しい感触に吐き気すら覚えていたのも、勇には遠い昔のように思えた。魔女を倒し、元の世界に帰りたいという気持ちが彼の体を動かす。

それほどまでに、勇はギネヴィアの身体を壊し続けた。

もちろん勇だけでなく、優香もだ。

勇以上にギネヴィアの身体を壊している。

もはやサンドバックと変わらない状況まで追い詰めながら、それでも倒しきることができずにいた。

「くそっ、いつまでこんなこと続けなきゃいけないんだよ……」

どこまでも続く地獄のような作業に、勇が弱音を吐く。

「まったく同意見。殴っても殴ってもすぐに元に戻られるんじゃ、キリがない」

すかさず同意するのは、ギネヴィアを殴り続けている優香だ。

「……いえ、もう少しで楽になるわよ」

そんな勇の肩に手を置いたのは、舞菜だった。

「見て、ギネヴィアの魔力が底をつく」

言われたとおりにギネヴィアを見ると、確かに彼女は倒れ伏し、魔力も枯渇寸前に見えた。反撃のために生み出される火球も、最初より明らかに小さく弱々しい。

短時間に死と蘇りを繰り返して精神的にも疲弊しているのか、蘇る度に正常へ戻っているはずの体の動きも鈍く、すでに思うように動けないようだ。

「いや……でも、だからってどうにもならない。蘇生には魔力を必要としないんだから……」

「そう。でも関係ないわ。とっておきの策があるの」

珍しく勝ち気な表情で、舞菜は自信たっぷりに宣言した。

「そうなのか？　凄いな……。とっておき、か。それで、どんな作戦なんだ？」

「ええ、すぐに済むわ」

舞菜はちらりと優香へと視線を流した。優香はその視線を受けると、疲れていたような表情を引き締めた。

そして一瞬のうちに……勇との距離を詰める。

「えっ……？」

呆ける勇に構わず、優香は指先に魔力を集中させた。その指で勇の左目の眼球に指を突き立てる。

「おぐっ、ぎっ!?」

突然片目を潰された勇はバランスを失い、地面へと崩れ落ちた。

「あっ……がふっ、あ……？」

「わたしたちが引きあげるくらいの時間は、生きていられるようにしてよね」

「わかってる」

優香は舞菜の言葉を右から左に聞き流しながら、無言で勇の胸へと拳をたたき込んだ。

その一撃は肋骨を折った。折れた骨は勇の肺に深々と突き刺さる。勇は大量の血を吐き出したものの、即死することなく、その場で痙攣する。

事が終わると、優香は勇には見向きもせずに踵を返す。代わりに、舞菜の優しい声が勇の耳へと届く。

「訳がわからないって感じかしら？　まあ、頭の悪い勇じゃ、そうでしょうね。簡単に説明すると、あなたを殺すことが今回の策よ」

「が……ぁっ……んで……」

「なんで？　って言われてもね。これが、そこの魔女を倒すことができる唯一の方法だから。魔女の身体は、生命活動が困難な状態になると、自動で再生を始めるらしいの。それがそいつの不死の正体。でね？　それじゃあ、まともにやっても殺せないでしょ？　でも、魔女の再生よりも速く、その肉体を消し去ることができたら……。再生する素《もと》までなくなれば、さすがの魔女も死ぬわよね？そこで、あなたを殺すことにしたの」

方法論はいい。だが、その結論にはまったく理解が及ばなかった。

「……レノールと優香にも協力してもらって、今の今まで騙し続けていたのよ。あなたは元の世界に帰るのに必死で細かいことまで考える余裕がなかったから、ちょうどよかったわ。ふふっ、思った以上に簡単に騙せたから、自分でも驚いてるくらいよ」

説明をされても、勇にはなにがなんだかわからない。なぜギネヴィアを殺すことに、勇自身が死ぬ必要があるのだろうかと、疑問がぐるぐると頭の中でループする。

その間にも、勇の身体からは熱が消えていく。

「ふふ、まだわからないって顔をしてるわね。もちろん、そうでしょう。核心部分を言っていないもの。教えてあげる。この世界に召喚されたとき、わたしたちの身体にはとてつもない量の魔力が流れてるって聞いたでしょ？　実はね、わたしたちが死ぬと、無理矢理詰め込まれたその魔力が行き場をなくして暴走するらしいの」

「……あぐっ。あっ……あっ」

勇はそれを聞き、残った右目を見開いた。

「気が付いた？　そう、暴走した魔力は大爆発を起こす。その威力は、空間を歪ませるくらい強いものらしいわ。……そんな威力の爆発を間近で受けたら、さすがに不死身の魔女も、消し炭になると思わない？　だから、勇にはそのための犠牲になってもらうの。一度きりのチャンスでしょ？　防御魔法なんて使われる訳にはいかないから、魔女の魔力切れを待ってたの」

言い切った舞菜は、先を歩く優香に追いつくために、走り出した。

「……ああ、そうだ。わたしたちのことは恨んでいいわ。その代わり、きちんとその魔女を殺してね？」

その言葉を最後に、舞菜と優香は森の中へと消えていった。

八話　復讐の力

舞菜と優香が消えた方角に顔を向けながら、勇は溢れ出る負の感情を抑えきれずにいた。

信頼していた仲間に裏切られただけならいざしらず、不意打ちで殺されようとしているのだ。

そのような感情を抱いてしまうのも、仕方のないことだった。

「あい、……つら」

（俺がどれだけ苦労したと思ってるんだ！　ふたり分の戦力がなくなって、残りのふたりも仲違いしているのをなんとか仲裁して……全部元の世界に帰るために、必死にやったのに！）

「許さねぇ……絶対に……がふっ！」

口から血を吐きながら悪態をつく。できることなら今すぐ彼女たちを追いかけて、殺してやりたいとさえ思っていた。だが、肺をやられている勇には、それ以上どうすることもできない。

「ねえ……貴方」

そんな勇に、ギネヴィアが突然話しかけてきた。

弱々しい声から、彼女も満身創痍であることが窺える。

呪いによって傷は回復しても、これまで与えられたダメージは表面からは見えない精神まで深く傷つけ、ギネヴィアから行動力を奪っていた。体は無事でも、それを動かそうとする気力がない。

「話は聞こえていたわ。私と、取引……しない？」

ほとんど感覚がなくなった身体を無理矢理に動かして、勇はギネヴィアを視界に入れた。霞む視界に、倒れた状態のままでいる彼女が見える。

「取……引？」

聞き間違いではないかと、勇は思わず聞き返した。

「ええ……取引よ。私は、こんなところで死ぬわけにはいかないの……。貴方も、あのふたりに裏切られて、悔しいんでしょう？　このままじゃ死ねないわよね？　だから、貴方に特別な力をあげる……。その力があれば、貴方は生きてあのふたりに復讐することができるわ。……その代わり、私の目的の手助けをしてほしいの」

「わかった……」

勇はギネヴィアのその提案に即答した。どんな条件であろうと、舞菜と優香にこの怨みをぶつけることができるなら、なんでもするつもりだったのだ。

魔力が枯渇した魔女になにができるのかと思わないでもなかったが、わずかな可能性に賭けた。

「話がわかるわね……。貴方には……そうね、これが丁度いいかしら」

ギネヴィアはもう立ちあがる気力もなかったが、なんとか体を引きずって今にも事切れようとしている勇へ近寄った。

どこに隠し持っていたのか、ギネヴィアは黒い球体を手にしていた。

「受け取りなさい」

その球体を無理矢理、失われた勇の目窩へと詰め込む。

耐えがたい痛みと、途方もない違和感が勇を苛《さいな》んだ。勇者という器を持ちながら、それでもなお身に合わない力であるというかのように。

しかしその苦痛を、勇は瀕死の身体で耐え抜いて、新たな能力を手に入れた。

黒い球体はしっかりと勇の身体に馴染み、左目としての機能も果たしてくれていた。

だが、それだけでは勇の胸の傷は治らない。

勇は授かった能力がなんであるのか聞くのを忘れていたことに気付く。

説明を求めてギネヴィアを見ると――こちらも限界の中で動いていたのだろう――あろうことか地面に倒れていた。

（まずい――意識が……）

気合いで保っていた意識が、絶望によって消えかける。

身体から力が抜け、もはや勇にはただ視線の向く先を眺めることしかできなくなってしまった。

そこへ、一羽の鳥が勇の視界に飛び込んできた。

突然、その鳥の身体が爆《は》ぜ、大量の血液をまき散らしながら地面へと落下する。

「なんだ？　……え？」

勇はなにが起きたのか確認しようと身体を起こし、身体の痛みが消えていることに気が付いた。

恐る恐る胸に視線をおとせば、穴の開いた服の下に無傷の身体が見えた。

なにが起こったのか考えるよりも前に勇は立ちあがり、傍らで倒れるギネヴィアを背負った。

その場に止まるよりも、まず身を隠すことにしたのだ。

勇は舞菜と優香が消えた方角とは反対方向へ歩き始め、激しい戦闘によって火が燃え移っている森へと向かう。そこでやっと、ギネヴィアが背中で身じろぎした。

「……ふふ。彼女たちもどこかで見ているだろうし、仕上げはしないとね……」

最後の力を振り絞ったのだろうか。勇の背後で、信じられないほど大きな爆発が起こった。

† † †

「うっ……」

ギネヴィアが目を開けると、薄暗い石造りの壁が視界に入った。

澱んだ湿気が肌に纏わりついているのを感じて、ここがあまり清潔な場所でないことがわかる。

「やっと起きたか」

枕元の声に驚き、ギネヴィアは勢いよく飛び起きた。

「あぁ……貴方だったの」

そこには、左目に眼帯を着けた勇がいた。椅子の背もたれに体重を預けながら、暇つぶしに読んでいたらしい本を閉じる。

「助けてくれてありがとう」

ギネヴィアは、勇の目の前に手を差し出した。

勇はその手をじっと見つめてくる。

仲間だと思っていた相手に裏切られたばかりなのだ、握手を求められても、そうなってしまうのは仕方のないことだろう。

それがわかっているギネヴィアは、薄く笑って手を引っ込めた。

「まあいいわ。……起きてそうそうこんなことを言うのもどうかと思うけど、貴方……あのときの話はちゃんと覚えている？」

「……お前の目的を果たす協力をしろってことだろ。安心しろ、きちんと覚えてる」

「良かったわ。もし反故にされたら、どうしようかと思った」

余程気に掛かっていたのか、ギネヴィアはほっと胸をなで下ろした。

「……俺も聞きたいことがある」

ギネヴィアの話は終わっただろうと、勇は自分も気になって仕方のなかったことを聞こうと口を開く。

「その目について、でしょう？　なんの説明もできなかったものね。きちんと説明するわ。……あの、申し訳ないのだけど、その前になにか食べるものはあるかしら。お腹が減りすぎて、喋る元気も出てこないわ……」

ギネヴィアが両手を肩あたりまで持ちあげて、しんどそうな表情を作る。それと同時に、可愛らしくお腹の音が鳴った。

「……それもそうだな。ちょっと待っててくれ、すぐになにか持ってくる」

毒気を抜かれたのか、勇はため息を吐いて立ちあがった。

部屋から出て行った勇は、数分後に温かな湯気をあげる料理をふたり分持って戻ってきた。

ギネヴィアは予想以上に上等な食事が出てきたことに驚き、目を輝かせる。

受け取った食事を半分ほど胃袋へ納めたあとで、いよいよ勇に授けた能力の説明を始める。

「端的に言うと、私が貴方に渡したその目には、あらゆるモノを〝交換〟する能力が備わっているわ」

「あらゆるモノを……交換する？」

あまりにも曖昧な説明に、勇は首を傾げる。

(それと俺の怪我が治ったのと、なにか関係があるのか?)

「ええ。たとえば貴方の持っているその皿と、私の持っているこの皿の位置を交換したいと思いながらその目で見るの。そうすれば、交換の能力が発動して、皿の位置が入れ替わる。試しにやってみて」

勇は言われるがまま、眼帯を外してギネヴィアの持つ皿を凝視した。そして、自らの手に持つ皿と位置を交換したいと念じた。

「おお……」

すると、確かに手に持っていた皿が入れ替わった。皿の中まで、一緒に交換されているのを見て、とんでもない能力を手に入れたと勇は興奮する。

「今は一番オーソドックスな物質の交換を行ったわけだけど、これがどんなことにでも応用できるのが、その目の強みよ。物質はもちろん、錆びた剣と真新しい包丁の「状態」を交換して剣を新品にすることもできるし、生物の意識に働きかけて敵意を好意に交換したり、自分に攻撃してくる相手の攻撃対象を別のものと交換する、なんてことまで可能なの」

ほんとうかどうかは分からないが、聞けば聞くほど恐ろしい能力だ。

「能力を使うには一つ条件があって、交換したいと思う対象を視界に入れないといけないわ。交換するのが物体ならばその物体を。精神的なものだったら相手の人間を。視界を塞がれたり、真っ暗でなにも見えない状態だと効果は発揮できないわ。特に明かりのない屋内や、物が見えにくい新月の夜なんかは注意が必要ね。貴方の胸の怪我が治っているのも、その能力のおかげだと思う」

「にわかには信じがたいけど……なるほど。理解したよ」

勇はギネヴィアの説明を受けて、なぜ飛んでいた鳥が突然血を吹き出したのか理解した。

（つまり、鳥の〝無傷の身体〟の状態と、俺の〝瀕死の身体〟の状態を交換したのか）

だから、鳥が突然血を流し、勇の身体の傷が完治した。

「改めて考えても凄まじい能力だな。これなら無敵じゃないか？」

「かなり強い力であることは確かね。ただし、乱用は控えたほうがいいわ。強力な力には副作用がつきものよ。耐えがたい頭痛に襲われたり、目が見えなくなったり……。下手な使い方をすれば、魔力を上手く操りきれずに全身から血を流して死んでしまうこともあるわ。まあでも……膨大な魔力を持っている貴方なら、あまり気にならないでしょうけど」

どくんと、勇の心臓が跳ねた。ギネヴィアの言う副作用などどうでも良くなるほど、勇はその目の能力に惹かれていた。なぜなら、この力があれば舞菜や優香を圧倒することができるからだ。

勇は歪《いびつ》に口をゆがめた。

「気に入ったかしら？」

ギネヴィアは料理を平らげながら問いかけた。

「もちろん。最高の力だ……」

九話　契約

勇とギネヴィアは、これからのことを話し合った。

ふたりはまず、根城兼ギネヴィアの新たな魔法工房の確保を優先して動き出すことに決めた。

やることが決まると、ふたりはさっそく行動に移ることにした。

身を隠すためにできるだけ王国から離れ、適当な町に根を下ろす。

勇はそこで左目の能力を磨き、ギネヴィアは枯渇した魔力の補充に日々を費やす。

お互いにできることとできないことを分担し、来たる日に向けて牙を研ぎ続けた。

† † †

「調子はどうだ、ギネヴィア」

工房の奥で、かじりつくように書物を読みふけるギネヴィアに、勇が声を掛けた。

先ほどまで町へ出て、舞菜たちが自分とギネヴィアについてなにか嗅ぎ回っていないか調べていた勇は、本日も異常がないことをギネヴィアに報告するために工房の奥へとやってきたのだが――。

「やけに真剣だな」

普段ならすぐに気が付くギネヴィアが、今日に限って必死に本の頁をめくり続けている。

勇はしょうがないな、とギネヴィアの背後に立った。至近距離に勇が立ったことで、ようやく気が付いたのか、ギネヴィアは視線をあげて勇を見た。

「今日も異常なしだ。そっちはどうだ？」

手短に現状を報告すると、ギネヴィアは「ふぅ」と息を吐いた。

「さすがに疲れたわ……」

言うと、ギネヴィアは椅子の背を限界まで倒して仰け反り、背後に立つ勇を見あげた。

「おい……」

「少し疲れたの。少しこのままにさせてくれないかしら」

ギネヴィアは一息つくと、目を閉じた。するとすぐに、穏やかな息づかいが聞こえ始めた。

もたれかかったことで、ただでさえ大きなギネヴィアの胸が強調される。いつも以上に大きく見えるその胸に、勇の目は吸い込まれる。

息づかいによってゆるやかに上下するその胸に、手を当てる。

服の上から添えているだけではあるが、かなりの弾力が勇の指に伝わってくる。

この状況に数ヶ月耐え続けていた勇の性欲は、限界を迎えていた。

勇は生唾と共に罪悪感を飲み込んだ。そして、重量感のあるギネヴィアの胸を下から掬うように持ちあげる。

ずっしりと両手に感じる重量と張りのある肉の感触。

知らず知らずのうちに、勇の息は荒くなっていく。

指先を使ってそのたわわな肉を揺らすと、たぽんたぽんと音がしそうなほど波打つ。

その魅力的な動きを何度も目で追っていると、くすりと笑い声があがった。

ぎくりと勇の身体は硬直して、身が固まった。

「……もっと乱暴にしてもいいのよ」

「ギネヴィア……起きてたのか？」

「誰も眠るなんて言ってないでしょう？」

「わ……悪い。つい魔が差してしまって……」

素直に謝る勇だったが、その手は言葉とは裏腹に動きを再開していた。

それを気にとめていないのか、ギネヴィアの態度はいつもと変わらない。

「貴方が我慢できずに襲ってくるなんて珍しいわね。いつもは、いくら誘っても乗ってきてくれないくせに」

てっきり拒否されるものだとばかり思っていた勇は、悪戯が一向に咎められないことに驚きながら、行為を続けた。

「俺も男だからな……我慢できない日だってあるさ」

勇はどこまでいけば止められるのか、試すつもりで、ギネヴィアの胸の中央の蕾をきゅっとつまみあげる。ギネヴィアはその刺激に声を漏らす。だが、彼女は身を任せたままだ。

勇がその蕾を弄び始めると、柔らかかったそれがだんだんと硬度を持ち始める。

それに連れて、ギネヴィアの息もあがっていく。必死に呼吸を整えようとしているが、勇の指先が勃起した乳頭を締める度に、ギネヴィアは身体を電流が走ったかのようにびくつかせた。

結果、ギネヴィアの身体はものの数分でとろけきってしまった。

勇は焦らすようにして、ギネヴィアの乳輪の淵を指先で優しくなぞった。

「そんなに焦らさないで……もっと強く感じさせて……」

ギネヴィアは椅子に座ったままで、そっと足を開いてみせる。

勇は彼女の正面に立って向き合った。

「じゃあ——」

目尻が下がり、惚けた表情をするギネヴィアの唇を奪い舌を絡ませる。釣られてギネヴィアも舌を動かしてくる。

「あむっ……ちゅぱっ。ねえ、いつまでもこれだけじゃ、楽しくないでしょう？　早くこっちへ……」

ギネヴィアは自分の下半身へと手を伸ばして勇を誘った。

「そうだな。こっちもそろそろ我慢できそうにない」

勇は誘われるがまま、怒張した肉棒をギネヴィアの秘裂へと宛がった。

ギネヴィアの秘裂は過剰に分泌された愛液でぐっしょりと濡れている。勇の陰茎はなんの抵抗もなく、ずるりと埋没してしまった。

「うっ……くぉ、ヒダが裏筋を刺激してくる……。それに、一番奥のコリコリとした感触も最高だ……」

向かい合った状態での挿入で、ギネヴィアの最奥へいとも容易く到達していた。

密着するどころか、子宮を押しあげようとしてくる大きな塊を体内に収めたギネヴィアは、それでも快楽に身を震わせた。

勇の首に手を回し、腰をくねらせる。

膣内に密集する肉ヒダが勇の肉棒をブラッシングして、磨くように扱いていく。

勇は負けじと腰を小刻みに揺すり、ぬらつくヒダに絡め取られた肉棒を振るわせる。

「あんっ、お腹の中が掻き回されているわ……。あふ、あっ！　久々に気持ちいいの……止まらないっ、んあっ！」

熟れたギネヴィアの膣肉はその刺激をダイレクトに脳へと伝えた。

それというのも勇と同様に、ギネヴィアもこの数ヶ月感の間に性欲を溜め続けていたためだ。

魔女といえども、異性である勇が間近にいる生活が長く続き、なにもできなければ性欲が溜まっていく。無防備な姿を晒してみたのも、あえて勇に襲わせるためだった。

もちろん性欲が溜まれば溜まるだけ、与えられる快楽は跳ねあがる。

リズミカルに刻まれる腰の動きが、怒濤のごとくギネヴィアに快楽を提供した。

その気持ち良さに耐えられず、ギネヴィアは頭を後ろへと投げだす。

勇はさらけ出された首筋に唇を押し当てた。人肌の温もりは、仲間に裏切られたことで冷え切っていた彼の心に、じんわりと熱を与えた。

なんとも言えない安心感に包まれた勇は、さらにそれを求めた。ギネヴィアの体をぐっと掴み、腰の動きに合わせて彼女を揺する。

「ああっ、そんな乱暴にしたらっ、あんっ、あ、あ、あっ！」

ギネヴィアは激しく身体を揺すられたことですぐに限界に達した。

ギネヴィアの身体——特に腰の部分——が何度も跳ねあがる。

彼女の絶頂に合わせて膣道がぎゅっと絞まり、勇の剛槍が締めあげられた。

肉ヒダがぴったりと亀頭、そして茎へ押しつけられる。結果、局部へさらに血が流れてペニスが締めあげられていく。

鈍痛を伴うほどに膨張した肉棒は限界に達して、欲望をどくどくと吐き出した。

ギネヴィアの膣内を白濁液で満たした勇は、それでもなおピストンを止めない。数ヶ月ぶりの人の温もりを味わい尽くそうと必死になっていた。

その意気込みは、露骨に身体の反応として現れていく。

一度射精したにもかかわらず、剛直は屹立したままだ。ギネヴィアの熱くとろける膣道を、まだまだ押し広げている。

「もう一度……もう一度だけいいか？」

荒い息を吐き、肩で息をするギネヴィアに勇は問いかけた。虚ろな瞳で勇を見たギネヴィアは、こくりと小さく頷いた。勇は許可を得ると、彼女の鎖骨から顎にかけてゆっくりと舐めあげる。

ギネヴィアの肌に、ぞくぞくと鳥肌が立っていく。

そうして到達したギネヴィアの唇を、勇は奪った。緩く閉じられた上下の唇を押し広げ、舌を侵入させる。

ギネヴィアはそれに応え、侵入してきた勇の舌を、自身の舌で絡め取った。

お互いがお互いを求め、再び行為は激しくなっていった。

† † †

ひとしきり求め合ったふたりはベッドへと移動し、行為の余韻に浸りながらまどろみの時間を過ごしていた。

「なんだか久々に緊張の糸が緩んだ気がする」

勇はギネヴィアの頬を優しく撫でながらそう言った。

「数週間分の性欲を吐き出せたおかげかしら？」

「そうかもな」

ギネヴィアらしくない冗談に、勇は笑いながら言い切った。

「くすっ、貴方って本当に素直な人ね」

まったく照れる様子のない勇を見て、ギネヴィアは堪えきれずに笑い出した。

「……ねえ、貴方に聞いてほしいことがあるの」

ギネヴィアの真剣な様子を見て取って、勇は上半身を起こした。

ギネヴィアも同じように身を起こす。

「どれくらい前だったかしら……」

ギネヴィアは虚ろな瞳で遠くを見つめながら、過去を語り始めた。

「私がまだ、異世界の日本に住んでいたときのことよ」

第二章　ロイヤルティー・ブレイク

第一話　魔女の願い

それは、ギネヴィアが自分の本当の名前を思い出せなくなるほど昔の話だ。

彼女は日本で生まれ育った、ごく普通の女性だった。ただ、彼女はとても想像力が豊かだった。

頭の中には無限に世界が広がり、数々の物語が生み出されていく。

いつ頃だっただろうか、彼女はその物語を絵にするようになった。

はじめは拙かった彼女の実力は、続けるうちに上達していった。それに合わせて、彼女は頭の中に一つの世界を構築していった。

それが〝ブレイブ・ルーン・ソード〟の原型だった。

彼女は絵の研鑽を重ね〝ブレイブ・ルーン・ソード〟の世界を書き溜めていった。

そして、創りあげた世界観と繊細な絵柄で漫画の新人賞を獲得したのだ。

トントン拍子に事は進み〝ブレイブ・ルーン・ソード〟の第一回が紙面を飾った。

そして――。

†　†　†

彼女は自分の作品が掲載された雑誌を購入すると、足早に自宅への帰り道を辿る。

その雑誌が世に出るのを、どれだけ待ちわびたことか。出版社からも献本されることになっていたが、待ちきれずに買いに出かけてしまうほど楽しみにしていた。

雑誌を抱えるようにして持つ彼女の表情は、晴れやかだった。

家に帰り着くと、すぐに袋から本を取り出す。

表紙には自身が描いたキャラクターが大きく印刷されていた。

さらに見出しには『新連載！　今、大注目の新人による本格王道ファンタジー！』と大きく書かれており、嬉しそうにその表紙を見つめる。

ここまでたどり着くのに費やした時間を思い出して、不意に目から涙が溢れ出す。

視界が濁り、頬を温かな水が濡らした。ぐっと袖口で目元を拭い――。

「え――？」

するとそこには、予想外な出来事が起きていた。

「なかなか、良い家に住んでいるではないか」

彼女の目の前に、中性的な顔立ちをした子供が立っていた。現代の日本の子供が絶対に着ないような、白くダボついた服を着ている。

彼女は突然の侵入者に困惑すると同時に、恐怖心が湧き上がるのを感じた。

よくよく見ると、その子供からは妙な威圧感が放たれている。

「あ……あの、貴方、どこから入ってきたの？　迷子かしら……」

不安を払拭するように、彼女は子供に聞く。

「くっくっくっ、そう驚かずともよい」

彼女の言葉を無視して、見定めるように一瞥する。

そして、彼女の手に持つ本へと視線を注いだ。

「我はただ、お前に少し手伝ってもらいたいことがあるだけなのだ。……おっと、まずは自己紹介をせねばな。我の名はカーフラ。これより世界の神となる者だ」

カーフラは怪しく笑うと、手を差し伸べた。

彼女はその手を恐る恐る握った。最後に付け加えられた一言に関しては訳がわからなかったが、どうやら彼女になにか頼み事があるらしいことを理解した。

名乗られたからには、自分も自己紹介をしなければと、彼女も名乗る。

「うむ、礼儀は弁《わきま》えているようだな」

彼女の態度が気に入ったのか、カーフラはにこやかに笑った。

「……さて、自己紹介も終わった。本題に入らせてもらうとしよう。我はこれから一つの世界を創らねばならぬのだが、いかんせん行き詰まっておってな。そんな折――」

カーフラは彼女が持つ雑誌を指さした。

「お主を見つけたというわけだ。お主が頭の中で描く、精密で完成された世界をのぞき見て、我は確信した。お主となら我の望む世界を創り出せるとな」

ぱちんと指を弾く、乾いた音が鳴り響く。

天井からカーテンが落ちるように、世界の様相が変わった。

気が付けばふたりは、どこまでも続きそうな真っ暗な空間に浮かんでいた。

訳がわからず無為に辺りを見渡す彼女に、カーフラは言う。

「お主にはここで、我と共に世界の創造を手伝ってもらうぞ」

† † †

「そこからは地獄のような日々を送ったわ。私が創りあげた理想の世界を下敷きにして、カーフラは自分の望む世界を創っていったの。そうしてできあがった世界は、私が思い描いていた世界とはまったく別のものになっていたわ。もちろん、何度もカーフラに、私の創った世界を勝手にいじくり回さないでほしいと言ったのよ？　だけど、カーフラは私の言葉を無視したわ。それだけじゃ飽き足らず、口うるさい私を軟禁したの」

ギネヴィアは辛い過去を思い出し、頭を垂れた。

「このままカーフラの下にいたら私の世界はもっと変えられてしまう……それだけはなんとか阻止したかった。私はカーフラが油断した一瞬の隙をついて逃げ出したの。私の謀反がよほど気に入らなかったのか、それからのカーフラは私を殺そうと刺客を送ってきた……」

つまりはそれが、異世界からの勇者なのだ。

「カーフラにとっては簡単な仕事よ。だけど、一つだけ誤算があった。無理矢理こっちの世界へ連れてこられた影響で、私の身体は呪われていたの。貴方も見たでしょ？　どうやっても死ねなくなっていたの。幸い私は、カーフラの世界創造を手伝う上で強力な力を分け与えられていたから、なんとか刺客を退けたわ。私の力は元々やつのものだから、カーフラに立ち向かっても無効化されてしまったけれど、それほど力のない配下には対抗できたの。本人は神という立場故に簡単には人間界に存在できないから直接手を下せず、配下に私の襲撃を任せるしかないみたい。だけど――」

ギネヴィアはそこで一旦深呼吸をして、間を置いた。

「私が何度刺客を退けても、カーフラは諦めずに、手法を変えては刺客を送り出すようになったわ。貴方たちは試行錯誤の果てにたどり着いた、やつの切り札だったというわけ」

それで一通り語り終え、ギネヴィアは口を閉ざして悔しそうに手を握りしめた。

ふとギネヴィアは視線を感じ、顔をあげた。するとそこには、熱心な視線を注ぐ勇がいた。明らかに様子がおかしい勇に、ギネヴィアは思わず声をかける。

「……どうかしたの？」

「〝ブレイブ・ルーン・ソード〟って、あの〝ブレイブ・ルーン・ソード〟のこと……か？　その作者が、ギネヴィアだって？」

勇は、信じられないものを見るようにギネヴィアを見て言った。

「〝ブレイブ・ルーン・ソード〟を知っているの？」

「知ってるもなにも！　俺はあの漫画が大好きだったんだ！　次の号が発売するまで、ずっと〝ブレイブ・ルーン・ソード〟のことしか考えていなかったくらいだ！　そうだ、この国のパラデムロッジって名前もどこかで聞いたことがあると思ったら、〝ブレイブ・ルーン・ソード〟に出てきた主人公たちの産まれ故郷じゃないか！　本当にあの作品を元に作りだされた世界なんだな……」

勇が力強く断言すると、ギネヴィアは目を見開いた。その瞳は潤み、揺れている。

「たった一回掲載しただけだったけど、〝ブレイブ・ルーン・ソード〟は、あのときの俺にとってすべてだったと言ってもいい！」

「そんなに好きでいてくれたなんて……作者冥利に尽きるわね」

「希代の名作の作者様にそう言って貰えるなんて、ファンとしてこれほど嬉しいことはないな。そうだ、もし良かったら、今度ギネヴィアの創った世界の話を聞かせてくれよ！」

「ふふ……もちろんよ。沢山聞かせてあげるわ……」

ギネヴィアの目から、じんわりと涙が溢れ出てくる。

「な、なんで泣くんだよ」

ギネヴィアが突然泣き出したことで、勇は慌てふためいた。

「……ごめんなさい。こんなに私の作ったお話を、楽しんでくれている人がいたなんて思わなくて」

ギネヴィアは止めどなく溢れる涙を、何度も拭った。

「貴方に打ち明けることができて、本当によかった。もしかしたら、これは運命なのかもしれないわね……ふふふ」

泣きながら、だが嬉しそうに言うと、ギネヴィアは首から提《さ》げていたアクセサリーをおもむろに外し、それを勇へと差し出した。

「これを……」

それは、見覚えのある剣の形のアクセサリーがついているネックレスだった。

勇は首を傾げながら、そのネックレスを受け取る。

すると、それは突然光りだした。

目を焼くのではないかという程強烈な光が放たれ、やがて収束する。

勇が目を開けると、そこには一振りの剣が現れ、石の床を貫いていた。

「あ……」

「ルーン・ソードよ。それを使って、私の世界をめちゃくちゃにした神を討ってほしいの」

勇は渡されたその剣を受け取った。すると——。

「なんだ……この剣を握った途端、身体の奥から力が湧いてくるみたいだ……」

「ルーン・ソードは、手にした人の身体能力を限界まで引き出せる能力を持っているの。他にも、使用する魔法も強化できるから、上手く使って。私の力は全てカーフラに与えられたものだから、いくら能力を強化しても、私ではやつを倒すことはできないわ。でも、カーフラではなくこの世界によって力を与えられた貴方なら、やつにダメージを与えることが可能よ。ごめんなさい、今の私にはこれくらいしかしてあげられなくて……」

「いや、それだけできれば十分だ。ありがとう」

ギネヴィアは勇の手を取ると、両手で包み込むようにして握りしめた。

「私と……一緒にこの世界を壊して？」

勇は石の床に突き刺さった剣の柄を握り、引き抜いた。

「ああ、任せろ。絶対に俺がその神を討ってみせる」

二話　裏切り者たちの行方

「マイナ、ユウカよ。よくぞ無事に戻ったな」

王国へと帰ってきたあと。舞菜と優香は、ウィザルに呼び出されて謁見の間へと集まっていた。

「お陰様で」

「魔女を確実に殺すために、魔力が空になって逃げられなくなるまで待ったの。あの状態なら、爆発で確実に殺せていると思うわ」

舞菜は髪を払いながら言った。

「儂としてはそれで問題ない……。約束どおり、カーフラ様がお主らを元の世界へ返してくれるだろう。それとは別に――」

ウィザルはにこやかに笑うと、両手を広げる。

「君たちには魔女を倒した褒美として、なんでも一つ願いを叶えてやろう」

「なんでも……？」

「ああ、なんでもだ。どんな宝石でも、永遠の美でも……なんでもだ」

「ふぅん……」

ウィザルの言葉を聞いて、舞菜は指を顎に当てて考え始めた。

優香は、普段とは違う舞菜の様子に気が付いた。少しでも気にくわないことがあればすぐに噛みつく舞菜が、文句の一つも言わずに聞いている姿に違和感を覚えたのだ。

そして案の定、予想を裏切る言葉が彼女の口から出てくる。

「なら、わたしは元の世界に帰れなくてもいいから、あなたの下で働かせてほしいわ」

その言葉を聞いて、ウィザルとレノールが信じられないと驚いた。

「あ、あのマイナさん、それは本気で言っているのですか？」

予想もしていなかった答えに、レノールは思わず聞き返した。

「もちろん。少し前から考えてたことよ。日本に戻っても刺激は少ないし、今以上の待遇は絶対に得られない。なら、このままこっちの世界で過ごしたほうが利口でしょ。それとも、わたしがこの世界に残ることになにか問題でもあるの？」

「そんなことはありませんが……。もう一生、元の世界に帰れないかもしれないのですよ？　それでもこの世界に残るというのですか……？」

「もちろんよ。仮に帰りたくなったとしても問題ないわ。忘れているのかも知れないけど、冷司は自力で元の世界に帰ったのよ。どんな方法であれ、戻る方法はあるってことよ。それを突き止めればいいだけでしょう？」

戦いを前に姿を消した勇者の名前を挙げられて、ウィザルもレノールも言葉を返せない。

「なら、あたしも残りたい」

そのやりとりを見ていた優香が、便乗するようにこの世界に残ると言い始めた。

「あたしは地位なんていらないから、できるだけ自由に動ける権利がほしい。こっちにはまだまだ戦争とかあるんでしょ？　日本で退屈な生活を送るより、こっちで暴れられたほうが楽しそう」

舞菜は、キラキラと目を輝かせる優香の肩に手を乗せた。優香がこの話に乗ることを見越していたのか、とても楽しそうにしている。

「どう？　わたしたちのお願いは叶えてくれるのかしら？」

舞菜は、ウィザルに試すような視線を向けた。

ウィザルはその視線を受けて、面白そうに笑った。

「いいだろう。レノール、すぐに各所に手配をしてくれ。ああ、そうだ。それと彼女たちに報奨金をやってくれ。この国に住む権利だけというのは、魔女を討伐した彼女たちには見合わない報酬だ」

「は……はい、すぐに用意いたします」

ウィザルの指示に従い、レノールが諸々の手続きを行うために謁見の間を後にする。

「明日にもお前たちには住む家が与えられる。今日のところは城の客室に泊まっていくといい」

「そうさせてもらうわ」

「住み慣れた部屋も今日で最後か。そう考えるとちょっと寂しいかな」

そうして舞菜と優香は、パラデムロッジ王国の市民権を獲得したのだった。

† † †

「イサム……協力してくれるのは嬉しいけど、これからどうするつもりなの？」

改めてギネヴィアと目的を共有した勇は、次にどう動くかを話し合っていた。

「まずは舞菜と優香がどうしているのか、洗い出したい。カーフラとかいう神様を倒すには少し情報不足だしな」

「それはいいけど……あの子たちはもう日本に帰ってるんじゃないの？　私を倒すという目的は果たしたと思っているはずだもの」

あの死闘からすでにかなりの期間が空いている。ギネヴィアは、ふたりを探しても無駄ではないかと言っているのだ。

「それについては少し疑問に思うことがあるんだ。俺は、元の世界に帰るためには膨大な魔力が必要で、それは魔女を倒すことで手に入れると聞いていた。でも、実際には俺たちはギネヴィアの魔力を削るような戦い方をしていた……あのときは戦いに勝つことに必死だったけれど、これはおかしい。元の世界へ帰るための燃料を、自分たちで減らしているようなものだ」

それを聞いた彼女は首をかしげる。

「そうね、おかしな話だわ。例え五人でも、人間を異世界へ送還する程度の魔力をカーフラは持っているわ。もしかしたら、勇者たちにやる気を出させるために、嘘をついていたのかも」

「くそっ、そういうことか！　国王の野郎、俺たちが元の世界へ戻りたいって必死になってる心につけ込みやがって！」

勇は爪が手のひらへ食い込むほど強く拳を握ったが、その痛みで正気に戻った。

「それなら確かにもう、元の世界に帰っている可能性もあるな。早急に調べないといけない」

「偵察するの？　あまり王国へ足を運ぶのは、おすすめできないわ」

「ああ、できるなら一回で特定したいな……」

なにかいい案はないものかと、勇は頭をひねり続けた。

「事情を知っている人がいれば聞き出せるのだけど……。あなたと仲がいい子なんて、この世界にはいないものね……」

ギネヴィアの言葉に、勇ははっとして頭をあげた。

「……いや、ひとりだけ、ひとりだけいる」

ひとりだけ、勇には心当たりがあった。

「誰なの？」

ギネヴィアは興味深げに身を乗り出した。

「レノール・リドリー。王国に仕えている、女騎士だ」

三話　忠誠心

パラデムロッジ王国の城下町は、城を中心に放射状に発展している。

区画整理が行き届いたその町は、中心から上流階級、中流、下流と区切られている。

下流、すなわち一般市民の住む区域は、円の外側。城の外堀を埋めるように配置され、中心に向かって、階級の高い者たちが住んでいる。

そんなパラデムロッジ王国のほぼ中心の区画に、レノールは居を構えていた。

「ふう……今日も疲れたな」

城まで数分とかからない好立地の物件は、女騎士として王国に貢献してきた証でもある。そんな彼女の功績ともいえる家に家主が帰り着いたのは、日付も変わろうかという時間帯だ。

今日は、騎士見習いたちの指導役として夜間訓練を行い、その影響で帰宅が遅くなったのだ。

レノールは帰宅早々、さっとシャワーを浴びて一日の汚れを落とすと、日課のストレッチをする。

その日課の最中、彼女は勇のことを考えていた。

（……やはり、国のためとはいえ、彼ひとりを犠牲にするのはやりすぎだったのではないだろうか……。だけど、そうしなければあの魔女を倒すことはできなかったはずで……）

ギネヴィアの討伐からこれまで、彼女はそのことばかり考えていた。

罪もない青年を死ぬとわかっている戦場へと向かわせたことを思い出し、罪悪感に苛まれる。

（……いや、あれは王国のために仕方のなかったこと。……そう、仕方のなかったことよ）

憂鬱な気分のまま日課を終えると、レノールは寝室へと移動して寝支度を整える。

しかし、後はベッドへと潜るだけとなったときに異変は起きた。

壁越しに不審な物音が響いたのだ。

「――誰だ!?」

レノールは咄嗟に、壁に立てかけてあった護身用の剣を素早く手に取った。

見つめる先は、廊下へと繋がる寝室の扉だ。

薄い隔たりの向こうに確かな人の気配を感じ、レノールは生唾を飲み込んだ。

その緊張に呼応するように、ゆっくりと扉が開かれた。

† † †

勇は単独でパラデムロッジ王国へと侵入した。

人数が多くなれば王国側に発見されてしまう可能性があるため、危険と判断したのだ。

勇は左目の能力を使って自分の「存在感」をその辺に転がる石と交換すると、城内へと侵入を果たす。

レノールはすぐに見つかった。どうやら見習い騎士の稽古をしているようだ。

勇はその訓練が終わるまで辛抱強くその場で待ち、帰宅するレノールの後を追った。

レノールの背後にくっつくようにして家の中へと侵入すると、勇はタイミングを見計らった。油断しきり、無防備を晒すタイミングを。

彼女がシャワーを浴びている間に、勇はレノールの住む家の間取りの確認を行った。イレギュラーなことが起きたときに備えて、逃げ道を確保するためだ。

あらゆる扉の鍵を壊して回っていく。その最中に、シャワーからあがったらしいレノールが寝室へと入っていくのを目撃する。

(寝るつもりか……)

逃げ道を確保し終えた勇はにやりと笑った。

(いくなら……今だな)

勇は寝室の前に立つと、左目の能力を解除し眼帯を着けた。そして、扉へ向かって一歩踏み出す。

すると部屋の中から、異常を察知したレノールの気配が伝わってくる。

(さすが、王国きっての女騎士だな。もう気付いたか。もう少し楽にできるかと思ったが……)

勇は扉に手をかけ、ゆっくりと開く。扉の先には剣を構えるレノールがいた。

「……え？ い、イサムさん……？ なぜここに――いえ、生きていたんですか？」

レノールは驚きのあまり剣を取り落とす。落とした剣を拾うこともせず、ぼうっと勇を見続ける。

「おかげさまでね」

勇は大仰に腕を広げて、自身が健康体であることを見せつける。

「でも、舞菜さんは瀕死の状態にしたと……。一体どうやって……」

「その口ぶりからすると、やっぱりレノールさんも知っていたんですね。勇者が死ぬと魔力が暴走して大爆発を起こすことを」

「あっ……」

動揺のあまり、レノールは考えていたことを口からこぼしてしまったことに気が付いた。慌てて口に手を当てるが、その行動が自身の失敗を裏付ける結果となる。

「そうですか。まあ、気にしていません。そうだろうなって予想はできていたので。ただ、これで心残りがなくなった」

「心残り？　なにを言って……」

と、不意にレノールはあることに気が付いた。

「待って……あなたが生きているということは、まさか」

さっと、彼女の顔から血の気が引いていく。勇が生きているということは、その場で爆発に巻き込まれて死ぬはずだった魔女、ギネヴィアも生きているということだ。

「そう、そのまさかだ。ギネヴィアは生きている――そして俺はギネヴィアと手を組むことにした」

レノールはくっ、と息を飲んだ。

「な、なにを言っているのか、わかっているんですか？　あなたは今、国家を敵に回すと言ったに等しいことを――」

「それくらいはわかってる。だけど、どうしても許せなかったんだ。俺を騙して裏切った舞菜と優香がな。ああ、もちろんあんたもだ」

勇はレノールの言葉を遮って、見下すように睨む。

威圧的な視線に、レノールは後退る。

「そ……そんな。で、でも……舞菜さんたちもきっと苦しんだと思います。仲間を自らの手で殺さなければならないんですよ、どれだけ悩んだか……あっ！」

なにか思い立ったのか、レノールは後退った分を取り戻すように一歩前へ出た。

「私も……イサムさんを見殺しにしてしまったことをずっと悔やんでいたんです。あの作戦を聞いたとき、私は止めようと……ですが、王国民のためだと言われて仕方なく……」

勇はその言葉にまったく心を動かしていなかった。冷ややかな視線をレノールへと向けたままだ。

「……俺を殺す作戦を立てたのは舞菜なんだろ？　わざわざそんな行動を取るやつが悩んで苦しむか？　そんな訳がない。あいつは瀕死の俺に笑ってネタばらしをしやがった！」

勇の怒りが籠った言葉に怯んだレノールだが、彼女はそれでも食い下がる。

「今ならまだ間に合います、また王国と手を取り合って、ギネヴィアを倒しませんか？」

「無理だな」

勇は苦しそうなレノールの誘いを、きっぱりと断った。

「……どうしても、ですか？　なんとか、話し合うことはできませんか？」

質問する彼女の声は、覚悟を決めたものだった。一触即発の空気が場を満たす。

レノールはぐっと身をかがめて、素早く取り落とした剣を拾い、戦闘態勢を取る。

「ああ」

勇はおもむろに眼帯を取り外した。

「……仕方ありません。たとえイサムさんであろうと、今は手加減はしませんよ」

「それは怖いな。……まともに戦えたらな」

イサムはおもむろにレノールに視線を合わせた。もちろん〝交換〟の能力を持つ、左目でだ。

「なにを……え」

レノールの視界が突然に回り、膝をつく。

その床を見る視点は定まらず、忙しなく動いている。しばらくすると、落ち着いたのかレノールはよろめきながらも立ちあがった。だが、その瞳は濁り、虚空を見つめている。

ここがどこなのかもわかっていないのか、顔を左右に振っている。

その視線が勇を捉えると、顔の動きがぴたりと止まった。

しばらく、レノールはじーっと勇の顔を見続けた。すると次第に目の焦点が合っていく。

「ぅ……あ、はっ！　あ、失礼しましたイサム様！　イサム様の前でこんな無礼を……」

正気に戻ったレノールの態度は、百八十度変わっていた。

直前に剥き出しにしていた敵意は霧散し、勇に頭を垂れる。それだけではない。明らかに勇に敬意を払った口調へと変化していた。

「レノール、お前にとって俺はなんだ？」

唐突な問いに、レノールは淀みなく答える。

「忠義を尽くすべきお方です。イサム様のためならば、どんな犠牲も厭《いと》いません」

勇はレノールの心の中の葛藤に気付き、僅かながらだが信じることにした。そこで勇への後悔を糧に、忠誠心の対象を王国から勇個人へと交換したのだ。国王への不信があったレノールの心は、その交換を受け入れたようだ。魔力の訓練によって、勇の能力はさらなる進化をみせていた。

「ではもう一つ、お前にとってこの王国はなんだ」

唐突な問いにも、レノールは淀みなく答える。

「はい。イサム様の復讐の障害となる、敵です」

勇は自分の思うようにレノールの思考がかわったことに、にやりと口元を歪めた。

彼女は勇への絶対的な忠誠心を抱いた結果、その敵である王国を完全に敵視するだろう。

「なら、その忠誠心を俺に見せてみろ。今お前が俺に向けべきは剣ではないだろう？　そうだな……そのエロい体を使って奉仕してくれれば、忠誠心をわかりやすく確認できると思うぞ」

勇は目の効果が発揮されているか確認するため、レノールへ屈辱的な命令をする。

普通の女性なら嫌悪する物言いだが、彼女は慌てて勇へと駆け寄るとその場でひざまずいた。

「は、はい！　喜んでやらせていただきます！」

レノールは勇の股間に顔を近付けると、チャックを口で咥えて下ろした。上目遣いで勇の反応を窺いながら、中の逸物を露出させると、恍惚とした表情を浮かべる。

「ちゅうっ、んっ……」

その忠誠を示すように、まだ柔らかい逸物を懸命に吸い、唇で刺激を与えていく。

すると勇の分身はむくむくと成長を遂げ、あっという間にレノールの口内を埋め尽くした。

喉の奥まで入り込んできた勇のペニスを受け止めて、可能な限り舌を絡めて湿らせていく。

「なかなかの心地だな。だけどそれだけか？　そんな単調な奉仕で、本当に忠義を表せているのか？」

「も……もうひわけありません！　じゅぽっ、ぢゅう、れろっ」

レノールは必死に頭を上下させる。それに加えて、手を竿からぶら下がる袋へと添えた。

精巣に多くの子種が詰まっていることを感じ取ったように、レノールは愛しそうに玉を手のひらで転がす。

直前まで戦闘の意思を見せていた女性に、男の弱点を握られている勇だが、その顔に焦りや不安といったものはなかった。レノールの忠誠心が完璧に自分へ向いていることを確信しているのだ。

睾丸をマッサージされた勇は、身体の芯のほうからじんわりとした熱が灯るのを感じた。

その熱は痺れるような快楽を誘発し、剛直をさらに硬くさせていく。

適度にペニスを圧迫するレノールの口内との二重の刺激に、勇の欲望は駆けあがる。

「そうだ、上手いぞ。喉も使えるか？」

勇はレノールの口内をかき分けるように腰を打ちつけ、喉の奥へとペニスを突き入れた。

きゅっと喉が絞まり、ペニスが刺激される。自分の喉が性器と同様に扱われることに、レノールはうっとりと喜びの表情を浮かべていた。

そして主人である勇へさらなる快楽を与えようと、頭を上下させる。

喉奥へ招き入れるように吸引する力とそれを引き抜こうとする力によって生まれる圧迫感が往復し、勇のペニスがほどよく刺激される。

「よし、もうそろそろ十分だ」

勇はレノールの口からペニスを引き抜いた。亀頭が糸を引きながら唇から離れる。

レノールは名残惜しそうに引き抜かれたペニスを眺める。快楽を受け、まだまだ満足しきれない勇のペニスは、力強く脈動して存在を主張していた。

なぜここで止めるのかと、奉仕したりないようなレノールは寂しそうに勇を見た。

その気持ちを察して、勇は震えるレノールの頭を撫でると、笑顔を見せた。

「レノール、尻をこっちへ向けろ」

「は、はい！」

嬉しそうに返事をしたレノールはすぐに背中を向けて、勇へ尻を突き出した。

目前に突き出された尻をいやらしい手つきで撫で回す。タイツ越しにもわかる肉感を堪能すると、黒い生地越しにもわかるほど濡れた中心を指でなぞった。

「んっ……！　い、イサム様……」

「俺のを咥えただけで、こんなに濡らしていたのか？　一体どんな妄想でここをこんなにしたのか言ってみろ」

「は、はい……」

レノールは恥ずかしそうに頬を赤らめながら、それでも淀みなく口を動かした。

「イサム様の逞しい男根を……ん、私の膣内に挿入してもらえることを想像して、あんっ、濡らしていました……ひんっ」

その間にも勇は、レノールの局部をしつこくなぞり続ける。与えられる快楽に悲鳴のような嬌声を漏らしながら、レノールは勇の問いに答えた。

「なるほどな」

勇は濡れるタイツに隠れた、しこりのある一点を見つけると、そこへぐりぐりと指を押しつける。

「そんなに俺のが欲しいのか？」

「は……はい……イサム様を膣内《なか》で感じたいです……！　お願いします、膣内にください！」

陰核に与えられる刺激で下半身を振るわせながら、レノールは必死に懇願した。

「わかった」

勇はレノールの穿いているタイツを強引に破る。露出した下半身は十分に準備が整い、体液を垂らし続けていた。

レノールの腰を押さえた勇は、そのまま秘裂へ剛直を突き刺した。

「あふっ……！　す、凄い……です、強引に、膣奥まで来てっ」

びくり、びくりとレノールの身体が痙攣した。

小さな絶頂が連続で彼女を襲い、感覚を鋭くさせていく。勇はペニスに伝わる微妙な膣圧の変化でレノールが絶頂していることを把握する。だが、それで手加減をするような勇ではなかった。

「いい絞まりだな」

と、なにも気が付いていないフリをしながら、激しく腰を動かした。

部屋の中にパツンパツンと肉と肉がぶつかる音が鳴り響いた。

勇の腰が叩きつけられる度に、レノールの尻肉が波打ち、躍動する。

すでにレノールは与えられる快楽のことしか考えられなくなっていた。極太の逸物がなんども粘膜を擦る。その感覚だけに身を任せていた。

「ひぅん！　い、イサム様！　ああっ、そんなに乱暴にされたら、すぐに――んんっ、あんっ、あっ！」

欲深く、与えられる以上の快楽を求めて、レノールは自分から腰を振り始めた。

それを見た勇は、堪えきれずに笑ってしまう。

「まったく、真面目な女騎士だと思っていたのに……レノールがこんな好色だったなんてな。次はどうしてほしい？」

勇はリズミカルに腰を振ってレノールをよがらせながら問いかける。

強烈な快楽によってまともな思考ができない彼女は、子宮から発せられる欲望のままに答える。

「あ――な、膣内に……私の膣内をイサム様で満たしてください」

「しょうがないな。なら――もっと激しくするぞ」

勇はレノールの腰を固定し、ピストンを激しくする。

結合部分から白濁した愛液が飛び散って、床にシミを作っていた。

「ああっ、激しっ、イサム様……気持ちよすぎて、あぅ、どうにかなってしまいそうです……」

ぞくりと、レノールの背筋に今まで感じたことのないような悪寒が走った。

（あ――す、凄いのがくる。ひとりでするときには、感じたことのないくらい凄いのが……）

言いしれぬ恐怖に身が竦むレノールだったが、勇の高速ピストンは止まらない。

女の体を貪るようにペニスを叩きつけられ、レノールの恐怖心は快楽に塗りつぶされた。

「あっ――あぁんんんっ！」

そして身構える余裕もなく、レノールは大きく背を反らして絶頂を迎えた。

連続して訪れる大きな絶頂に、レノールの体が何度も跳ねる。

「そら、お望みどおり膣内に射精してやる」

それと合わせるように、勇はレノールの膣内に白濁液を吐き出した。

四話　叛逆の勇者

激しい絶頂によって気絶したレノールを背負い、勇は王国から脱出した。

レノールさえ手に入れれば、危険な場所に長居をする必要はない。

すぐに工房へと帰還すると、勇は気絶するレノールの頬を叩いた。

「……うっ、わ、私はなにを……こ、ここは。……っ！」

ぼーっと辺りを見渡していたレノールは、勇を視界に捉えた途端、目を見開いて飛び起きた。

その反応に、交換した忠誠心が戻ったのかと慌てて眼帯へと手を当てる勇だったが——。

「イサム様！　このような失態をお見せして申し訳ありません！　……どうかされましたか？」

しかし、その心配は杞憂に終わったようだ。

「……いや、なんでもない。起きたなら、こっちへ来てくれ」

勇はレノールを、ギネヴィアがいる部屋へと連れていく。

「思ったよりも時間が掛かったみたいね、イサム」

「そうか？　国外から侵入して一仕事終えてからのとんぼ返りだ。これくらい掛かるもんだと思うぞ。……まあ、なんにせよ作戦は成功だ。これで次に進めるぞ」

勇は背後に控えるレノールを親指で指した。

レノールはギネヴィアのことを警戒しながらも、ぺこりと頭を下げた。

彼女は勇へ絶対的な忠誠心を向けているものの、ギネヴィアのことは未だに凶悪な魔女だと認識しているからだ。とはいえ、今はもう勇の仲間だと聞かされたこともあり、剣を向けるまでには至っていないらしい。

「あの、それでイサム様。私に聞きたいことというのはなんでしょう」

「ああ、そうだった。レノール、俺たちは舞菜と優香の行方を追ってるんだ。アイツらはまだこっちの世界に残っているのか、それとも元の世界に帰ってしまったのか……どっちなんだ？　もしこっちに残っているなら、どこにいるか詳しい場所を教えてほしいんだ。現状、レノール以外に頼れる人がいなくてな」

レノールは勇に頼られたことで頬を赤く染める。

表情が緩むが、それもすぐに引き締めて一度頷いた。

「なるほど。マイナさんとユウカさんの居場所ですね。もちろん知っています」

なにも特別なことではないのか、レノールは胸をなで下ろすように答える。

「それはどこなんだ？」

「マイナさんは国王の側近として働いて、今は国の改革をするために色々根回しをしているようです。ユウカさんは各地の戦闘地区を点々と渡り歩いて、王国の加勢をしていると聞いています」

「なるほどな」

勇は人差し指をこめかみにあてる。

「……ん？　ちょっと気になったんだけど、王国には魔女以外にも戦う敵がいるのか？」

「はい。パラデムロッジは関係が上手くいっていない隣国や、現在の国家に不満を覚える民によって結成された反乱軍などと、常に戦闘を行っています」

パラデムロッジ王国にはギネヴィア以外にも脅威となる存在がある。その情報は勇にとって有益なものだ。なぜならば――。

「なるほど。優香のようなバトル好きが戦闘に参加したければ、適当な場所に行けばいいのか……よし。なら最初は優香からだ」

ぽんと手を叩いた勇は、矛先を決定したのだ。

「彼女が戦闘している最中に乱入するの？　さすがに目立ちすぎるんじゃないかしら」

「いや、今のレノールの話を聞いていて、いいことを思いついた。俺たちは今から――」

その作戦をふたりに伝えるとギネヴィアはくすくすと笑い、レノールはさらに勇へ心酔する。

勇は手で口元を覆った。

長いようで短い準備期間を経て廻ってきたチャンスに、感情を抑えることができなかったのだ。

自然と歪む顔を隠して、勇は低い声で笑った。

第三章　世界情勢

一話　王国

国王のアドバイザーとして城に身を置くようになった舞菜は、宛がわれた部屋の中でテキパキと仕事をこなしていた。

その仕事の内容は現在置かれている国の状況を把握し、どのように駒を動かすか考えて国王へ申告するというものだ。

諸外国、反乱軍との戦闘に備えて食料や物資の確保や、比較的友好的な国を見つけて協力を仰いだりと、ウィザルの頭を悩ませていた案件を捌いていく。

ウィザルはすぐに、次々と功績を残す舞菜に信頼を寄せていった。――舞菜の思惑通りに。

舞菜は信用を勝ち取り、虎視眈々とウィザルから実権を奪おうとしていた。

(ま、元々深く考えることができないようだったから、いずれは似たような結果になっていたはず。ほんと、馬鹿な国王で助かったわ)

舞菜が黒い笑みを浮かべた。

と、コンコンと、扉がノックされる音が舞菜の耳に届く。

舞菜の部屋をノックするのは、専属の使用人だ。どんな用事で、どんな人物が訪れようともまずは使用人を通すように言いつけてあった。

「なに？」

『マイナ様、先日行った領地改革の件で、お手紙が届いております』

「持ってきて」

扉越しに用件を聞くと、すぐに渡すよう指示を飛ばす。

「失礼します」

使用人は扉を開けると、丁寧に頭を下げてから部屋へと入っていく。

手紙を受け取り、ペーパーカッターで丁寧に封を開けて中の手紙を読む。

それは王国に不満を持ち、反乱を企てる一団を監視するために送り込んだ間者からのものだった。

彼女は立ちあがり、扉の前に立つ使用人に少し部屋を空けることを告げて城の中を横切っていく。

手紙の内容を伝えるために、ウィザルの元へと向かう。

ウィザルは国内の視察や他国との様々なやりとりを行う関係で、最近は城にいることが少なくなっていた。今日も隣国からやってきた外交官と会っている。

城のエントランスに出ると、まさにウィザルが帰ってきたところだった。

「――ウィザル王、反乱軍に送り込んだスパイから手紙が届いたわ」

上着を使用人に渡していたウィザルは、疲れで力の入っていなかった表情を引き締めた。

「なにか問題が起きたのか？」

「不満が溜まりに溜まってるみたいね。このままだと近いうちに国内で戦闘が起きると思う」

「くそっ、まったく面倒なやつらだ……。大した苦労もしていないだろうに、要求だけは一人前にしてくる。このままではまともな政治もできん」

「……もし問題なければ、わたしが処理を引き受けますけど？　反乱自体を止めるのは難しいかもしれませんが、戦力を削るくらいのことはできるかと」

「ああ……そうだな、そうしてくれると助かる。こっちは決められた予定をこなすだけで手一杯だからな。レノールがいればある程度の仕事を任せられたのだが……まったく、急に姿を消すとはけしからん！　彼女の行方はまだわからんのか？」

王宮では、少し前に王の信頼を得ていた女騎士が失踪したことでちょっとした噂になっていた。だが、その話は家臣たちの話題に出る程度で正式な会議の場にはあがらず、噂も沈静化していく。

「その件についてはわたしが手を回しておりますのでご心配なく。王宮はお任せください」

その不自然なまでの話題の鎮静化は、実のところ舞菜の仕掛けたことだった。

(王の側近が消えれば、その分わたしが動きやすくなるわ。都合よく姿を消してくれたものね)

頭を下げる舞菜を見て、ウィザルは満足げに頷き、引きあげていった。それを見送った舞菜もエントランスから引きあげる。

自室へと戻った舞菜は使用人に温かいお茶を用意させた。それをゆっくりと飲みながら、次にどう動くべきかを思案した。

(ウィザルはわたしが詰め込んだ予定で手一杯。ここまで来ればあの無能は考える暇がなくなるはず。そうなったら泣きつく先はわたしだけ……)

舞菜は口の端を歪ませて笑顔を作った。

(もう少しで、この国はわたしのものよ)

二話　紛争地区

砂埃が舞いあがる廃墟の影で、王国の率いる軍が控えていた。

同一の鎧に身を包む兵士たちがずらりと並び、待機している。

障害物の向こうには、王国を攻め落とそうとする敵対勢力が控えていた。

空気は嫌でも張り詰めていく。そんな中、優香がまったく気負った風もなくやってきた。

「皆さん、そんな深刻そうな顔をしてどうかしたんですか？」

朝の河川敷を散歩するような気楽さで現れた優香は、そのまま隊列を横切り、先頭で指揮を執っていた騎士の前で立ち止まった。

「武闘姫か。……これは心強い援軍だ」

戦場で戦う王国の兵たちの中に、方々で暴れ回っている優香を知らない者はいない。

ふらりと現れた優香が参加した戦闘で、王国側が勝利を収めなかったことはないからだ。

拳一つで敵を壊滅させることから、王国兵たちから〝武闘姫〟という二つ名が付けられていた。

「あっちの様子は？」

「睨み合いが続いていています」

「そう、なら話は早い」

そう言うと優香は騎士が止める間もなく廃墟の影から身を晒し、一片の躊躇もなく堂々と敵の大軍めがけて歩き始める。

多くの視線が、優香へと突き刺さった。そのどれもに殺意が宿っている。

（これよ……この緊張感……）

しかし優香は、物理的な重圧すら感じる殺意すら高揚感へと変化させ、歩みを進めた。

半ばまで進むと、優香は全身に魔力を巡らせた。

爪先から筋繊維の一つ一つまで、潤沢な魔力で満たされる。

瞬間、優香は敵勢力の目前まで一気に跳躍した。

「な……！」

鎧を着た一群の前に着地すると、優香は目の前に立っていた人間を思いきり蹴り飛ばした。

吹き飛ばされた敵は大勢の仲間を巻き込んでいく。

さらにふたり目三人目も吹き飛ばし、まるで人間を砲弾のように扱い敵軍を蹂躙していく。

戦闘開始から三分と経たず敵勢力の二割を削った優香は、勢いのまま拳を振るい続けた。

「まったく、ちっとも歯ごたえない……。王国と正面切って争おうっていうのに、随分ひ弱な戦力だね。これじゃあ準備運動にもならないよ！」

すでに優香は敵陣のど真ん中へ入り込み、四方を囲まれた状態だ。それでもまったく焦りを見せずに向かってくる雑兵を倒していく。

さらに三割、四割と怒濤の勢いで敵を倒し続ける。

敵の士気は旺盛でいくら仲間がやられても果敢に立ち向かってくるが、その全てを蹴散らした。

優香の激しい攻撃が続く中に声が響き、彼女は攻撃の手を止めて声がしたほうを向く、

「ほ～、派手にやってるのぉ！　救援要請を受けて来たが、こんな小娘にしてやられているとは！」

優香の目の前に現れたのは、縦にも横にも優香の倍以上ある大男だ。

「……やっと骨のありそうなのがきた」

それでも優香は怯むことはない。むしろやる気を出して拳を握りしめた。

魔力によって運動能力が飛躍的に上昇している優香の拳が、その大男の腹で受け止められる。拳と肉がぶつかり派手な音が響いたが、大男はそれまでの雑兵と違い、吹き飛ぶことはなかった。

「っ！　硬いわねこのデブ！」

腹の脂肪の奥には高密度の筋肉が控えており、それで優香の拳を受け止めたのだ。

「おっと……女にしてはなかなかの拳だのぉ。だが、これしきではワシは倒れんぞ！　ムンッ！」

大男は反撃とばかりに腕を振りあげ、風切り音と共に優香へ向かって拳を突き出した。

優香はそれを難なく躱し、大男から距離をとる。同時に拳が地面に直撃し、鼓膜が破れてしまいそうな程大きな破砕音と共に、石で舗装されていた路面が抉れた。

「ふぅん、確かに少しはやるみたい。だけど、パワーとタフさだけじゃあ的にしかならないよ！」

何度も、大男に拳を叩きつける。

「っ……！」

だが、鍛え抜かれた筋肉によって全て弾かれてしまう。

その尋常ではない硬さに優香があることに気付く。

「……ああ、そういうこと。貴方も身体に魔力を流してるんだ。あたし以外でここまで強化できる人は初めて見た」

優香の呟きに、大男はにやりと笑った。

「ガッハッハ、そういうことだぁ！　ワシはこれ一本でここまで生き残ってきた男じゃからなぁ！　そんじょそこらのやつらとは違うってわけだ！」

四股を踏むように足を地面へと叩きつけた大男は、優香を睨みつけた。

どこからでもかかってこいと言わんばかりに構え、優香を挑発する。

「じゃあ——これならどう？」

優香は、その挑発にあえて乗ることにした。

身体に流れる魔力の量を増やす。魔力を再注入された優香の身体は、ぼんやりと輝き始めた。

「いい度胸しとるのぉ！」

大男の腕が振りあげられ、大きな球を掴むように指が開かれた。指の一本一本に力が込められる。

そこから繰り出されるのは掌底だ。全身の体重を乗せて打ち込まれる掌打は、当たれば先ほど地面を砕いた拳以上の威力になることは想像に難くない。

そして優香が動き出すよりも速く、その手のひらは斜め下へと突き出された。

爆発音と聞き間違えてしまいそうな程の轟音が周囲に響いた。

「ぐっ……！」

しかし、それだけだった。地面は抉れず、優香も倒れていない。

「もしかしたら潰されてしまうかもと期待していたのに、こんなもの？」

優香が振り下ろされる手のひらを咄嗟に掴んでいたのだ。

顔を真っ赤にして血管を浮かびあがらせながら唸る大男は、必死に優香を押しつぶそうとさらに体重をかけ続けている。しかし優香は、涼しい顔をしながらそれを腕一本で支えきっている。

「これ以上、腕力比べをしても意味ないね」

優香は大男の手のひらを掴んだまま、腕を流すように下ろした。

それまで優香が支えていた力に流れが加わり、大男のバランスが崩れる。勢いよく顔から地面に倒れた大男は苦悶の声をあげた。

「ぐ……くそっ！　まだまだやれるぞぉ!!　おごっ!?」

大男は勢いよく立ちあがろうとした。だが、優香はそれを許さない。思い切り後頭部を足で押さえつけ、顔面を地面へ叩きつける。

大男はその一撃で意識を刈り取られ、ピクリとも動かなくなった。

「及第点だけど、もうちょっと強くないとあたしは止められないんじゃないかな。……さて、残りの中に、この人と同じくらいの強さの人はいる？」

ぐるりと首を回して周りを見渡すと、優香の視線に臆して後退る者ばかり。

勇猛果敢だった敵兵たちも、自軍の強者がなすすべなく倒されたことで恐怖を抱いていた。

「いないか。……でも、あたしは誰ひとり逃がすつもりはないけどね」

そこからは優香による一方的な展開だ。

数十分にも満たない戦闘で、数百人といた敵勢力が壊滅した。

ひとりでその偉業を達成した優香は、しかし汗一つかいていない。

「はあ……それじゃああたしは次の場所に行かせてもらうわ。後始末はよろしくお願い」

舞菜は味方の騎士にそれだけ言うと、次の戦場へ向かって走り出した。

三話　発散

次の戦地へ向かう途中、優香は苛立ちを募らせていた。

戦う相手がどれもこれも弱いのが原因……というわけではない。

むしろ今の彼女にとって、気持ちよく倒しきれる敵というのは絶対に欠かせない存在だった。

彼女はただ、過去を思い出していた。自身が疎まれていた過去を。

†　†　†

優香はとても裕福な家に生まれた。

両親はひとり娘の彼女を愛し、しっかりとした躾《しつけ》を施そうとした。

きちんとした言葉遣い、女性としての立ち振る舞いをはじめとした、勉学や作法。さらには理路整然と受け答えできるように、専用の教育係まで付けて徹底的に教育を行った。

その教育は、彼女に自信を持たせた。

優香が小学校にあがる頃、両親は利発的に育った彼女を誇りに思うようになっていた。

しかし、両親には見落としがあった。それは、優香の性格だ。

気が強く何事にも興味を持って取り組む。嫌なことは嫌だとはっきり発言し、気にくわない相手にはまっすぐに向かっていき、時には手が出ることさえある。

彼女のその性格は、直されることはなかった。両親が施した教養によって、彼女は自身の考えがなにも間違っていない、自分が正しいと確信してしまっていたためだ。

そうして、その気の強さと確固たる自信に従って、彼女は同年代を引っ張っていく。

しかし優香は、上に立つ人間としては性格がキツすぎたのだ。

はじめのうちはそれでも問題はなかった。まだ自身の価値感ができあがらない幼少期なら、まっすぐに生きる優香は他の子供にとってスターといえる存在だった。

優香の周りには沢山の取り巻きが集まっていく。しかしそうなれば、必然的にトラブルも増えた。

もちろん彼女は、そんなトラブルにも真っ向から向かっていく。

仲間であろうと、問題が起きれば非のあるほうを問答無用で糾弾し、言い訳を聞き入れなかった。

いくら言っても事態が収束しない場合は、優香は当たり前のように拳を振りあげた。

そんなことを繰り返した結果、優香は徐々に周りの人間から恐れられ、信頼を失っていく。

小学校を卒業する頃には、優香の周りには誰ひとり仲間と呼べる友人は残っていなかった。

優香には、なぜ皆が離れていくのかわからなかった。

それどころか、なぜ正しい行動を取っている自分が恐れられるのかと、首を傾げるばかりだ。

しかしそれでも、優香は絶対的な自信と共にあり続けた。それは優香が大学に進学するまで続くことになるが、その間ずっと、彼女は極度のストレスを抱えながら生活を送っていた。

どこかで発散することができれば一番だったのだが、親の教育ではそういった負の感情をどう処理するのかについては、教えていなかった。

にもかかわらず、人前ではみだりに取り乱してはならない、などと言った見栄の部分に関するものはある。結果、優香はそのストレスを抱え込むこととなった。そうして心のうちに溜まり続ける負の感情は彼女を苛立たせ続ける原因になっていったのだった。

† † †

優香は昔のことを思い出しながら、再び溜まり始めた苛立ちを発散させるために、敵陣のど真ん中へとやってきていた。彼女の周りには数えるのも馬鹿らしくなるような程、多くの敵がいる。

苛立ちに濁る瞳でその一団を見回すと、優香は全身に魔力を巡らせた。

その魔力量は、大男と戦ったときとは比べものにならない。

一群から、空気を揺るがす雄叫びがあがった。敵にとって、目下最大の障害である優香が目の前にいるのだ。嫌でも気合いは入るだろう。不意に現れた大物とはいえ、段違いの戦力差で迎え撃ってるのだ。最大の勝機に、自然と士気があがっていく。

そして、睨み合いは終わった。先に動き出したのは優香だ。

目にもとまらぬ速さで走り出し、前方にいる敵を腕で薙ぎ払いながら進む。

一薙ぎで十人以上を吹き飛ばした優香は急停止すると、背後に迫る雑兵に蹴りを入れた。

優香の攻撃の勢いは止まらない。圧倒的な戦力差は、彼女の前ではないも同然だった。

彼女にとって目の前で騒ぐ敵の群れは、平原でそよぐ雑草と同じだ。

頭を空っぽにして、向かってくる敵を倒して倒して倒す。それだけだった。

四話　餓え

優香の足下には、大勢の人間が倒れていた。

あちらこちらから、うめき声が聞こえている。

その全てを無視して、優香は自分の手のひらを見つめていた。

戦闘を行った後にあったスッキリ感が、以前よりも薄くなっている。

(倒した敵の数が少なかったかな？)

しかしすぐに、違うだろうと頭を振った。

今日、優香が倒した敵の数はこれまでに比べても多かった。

(そう……今日はかなりの人数と戦った。ああ、きっと疲れたんだ。疲労がたまりすぎてちょっとすっきりしないだけ。こんなときはどこか宿を借りて、休んでしまうのが得策だね)

気持ちを切り替えて、優香はその場を後にした。

最初にたどり着いた町で適当な宿を借りると、優香はすぐにシャワーを浴びた。

汗と戦闘によって付着した泥などを丁寧に流し、粗末な湯船に浸かる。

それでもお湯に浸かることで、優香の身体から疲れが取れていく。

(こっちの世界にも、お風呂に浸かる文化があってよかった。シャワーだけだと疲れが取れないし……)

じんわりと身体が温まる気持ちよさに、優香は吐息を漏らした。

十分に温まった優香は、お風呂から出ると、すぐにベッドへと潜り込む。

意識が落ちる瞬間、しっかりと疲れを取ったはずの優香の胸中に、戦闘を終えたときに感じた妙な焦燥感が戻ってきていた。

しかし、それすらも飲み込む睡魔の誘惑によって、優香の意識は夢の中へと落ちていった。

† † †

「んっ……んん」

翌日、眠りから覚めた優香は、自分がほとんど無気力の中にいることに気が付いた。

どうしようもない脱力感が全身を包み込んでいる。

それなのに、胸のうちにはまだ焦燥が燻っている。

「ふぅ……。でも、いつまでもこうしていられないか」

引きずるようにして身体を起こし、着替えを済ませると優香は宿を後にした。

優香が向かうのは次の戦場だ。

この胸のつかえを、優香は敵を倒すことで発散しようとしていた。

今日、優香が訪れた戦場は、特に戦闘が激化していた。

度重なる戦闘で指揮統制が混乱。戦線が肥大化した影響で、泥沼の長期戦になっていた。

優香はその戦場を駆け抜ける。調子が悪いとはいえ、段違いのポテンシャルを持つ優香が遅れを取ることはない。

雑兵をなぎ倒しながら広い戦場での戦闘を繰り返す。

(……おかしいわ)

敵を倒せば気持ちが落ち着いてくると思っていた優香は、どれだけ倒しても自分の気持ちが晴れてこないことに、苛立ちを覚えていた。

どこからともなく現れる敵を丸一日中倒し続けても、その戦闘が終わることはなかった。

さすがの優香も疲労を隠しきれなくなってきた頃、ひとりの男と対峙した。

その男は、一本の大剣を担いでいる。その大剣は使い込まれてはいるが、いくつもの戦場をくぐり抜けてなお、手入れは欠かされていないようだ。

男はニヤリと醜悪な笑顔を見せた。

(この男……)

優香はその男が、自分と同類だと直感した。咄嗟に拳を構え、魔力を巡らせ臨戦態勢を取る。

男はそれを戦闘開始の合図と受け取り、優香へと急接近した。

一瞬で間合いは詰められ、お互いがお互いの間合いへと入った。

男は躊躇なく剣を横に振るい、その切っ先がまっすぐに優香の喉へと伸びた。

優香は上体を反らしてそれを躱す。動きの流れのままに地面を蹴り、宙返りした。

そのときに蹴りあげられた足が男の顎を掠める。

少しの間合いを開けて、ふたりは再び対峙する。

それも束の間、今度は優香が男の懐へと飛び込んだ。

下からすくいあげるように拳が繰り出される。狙うのは顎――ではなく、鳩尾《みぞおち》だ。

しかしそれは予想されていたのか、簡単に躱される。それでも食らいつくように、優香は反対の拳を振るった。

だが、その拳も空を切った。優香はわかっていたとばかりに一歩前へと踏み出して、両拳を振るい続ける。一撃で人を数十メートルも吹き飛ばせる程の威力を持った拳を、連続で振るう。

それを男は、涼しい顔で躱し続ける。

不意にリズム良く腕を振るっていた優香は拳を止め、首を不自然な方向へと曲げる。

直前まで優香の首があった場所には、剣が通っている。

男は繰り出される拳のタイミングを計り、カウンターを仕掛けたのだ。

だが、優香の首が落ちた訳ではない。そのカウンターを、咄嗟に首を傾けることで避けた。

優香は身体に巡らせる魔力の量を増やし、ギアをあげた。

腹を蹴って男を吹き飛ばす。

男は地面に転がるが、上手く受け身を取ってすぐに立ちあがろうとする。

さらなる追撃をするために、優香は足に力を込めた。

「うっ……」

しかし、突然の激痛に、優香は足を止める。

視線を下げると、足に短剣が突き刺さっているのを確認した。

殴られる寸前、男は優香の足に短剣を突き立てたのだ。

突き刺さった短剣を抜き、投げ捨てる。

患部に魔力を集中させて応急処置をすると、すでに体勢を立て直している男へと向き直った。

このやりとりが余程面白かったのか、男はニヤリとした薄気味悪い笑みを浮かべていた。

「……ふふっ」

優香も、男のその様子を見て、自然と笑い声をあげた。

この立ち会いが楽しくて仕方がないといった風に、笑ったのだ。

優香はさらに一段階、身体に巡らせる魔力の量を増加させる。

そして、跳ねた。

瞬時に男との距離を詰めて背後へと回る。その動きは、男に見えていたかどうか。男が接近に気付き、後ろを振り返ったとき。優香はすでに拳を振り下ろしていた。

優香の拳は男の顔へめり込んで、その体ごと地面へと叩きつける。

シンと、辺りが静まりかえった。

倒れ伏した男に視線を注ぐ優香の目は、輝いている。

「あ、思わずやりすぎちゃった……。もうちょっと楽しみたかったのに……。強すぎるのも考えものね……」

呟きの声は興奮によって震えている。

「でも、やっとわかった。あたしが求めていたのは、こういうことだったんだ……。頭がとろけるような刺激のある強い相手と戦う。そう……それだ……」

舞菜のいる城へと足を運ぶ優香の心には、先ほどまでの陰りはなかった。今、彼女の心を満たすのは、溢れんばかりの充足感だった。

五話　反乱軍

パラデムロッジ王国の外側に位置する、下層民が住む区画。その中でも特に治安の悪い通りの裏路地で数人の男たちが辺りを気にしながら歩いていた。

男たちの向かう先には、ボロボロで廃墟同然の家があった。

その中は、外観からは想像もできないような、普通の雑貨屋だった。

店に入った男たちは窓際にある商品を手に取ると、カウンターで待つ店主の前へと持っていく。

品物を受け取った店主は、こくりと頷くと狭いカウンターから立ち、男たちを奥へと導いた。

カウンターの奥には扉が一つあり、その奥は倉庫になってる。

「遅かったな」

倉庫に入ってきた男たちを待っていたのは、鋭い目つきの男だった。

体中にいくつもの古傷が見えるその男の名は、カァム。反乱軍をまとめる幹部だ。

カァムは入ってきた男たちに座るように促した。男たちもすぐに空いている席へと座った。

「今日、お前たちに集まってもらったのは、こいつの情報を共有するためだ」

そう言ってカァムは、懐から魔法の道具によって撮影された一枚の写真を取り出した。

映っているのは、優香だ。どこで撮影したのかわからないが、かなり接近して撮影されている。

事情を知らない者はその写真を見て、こんな女がなんだと疑問の声をあげるだろう。

だが、少しでも噂を聞いたことがある者の反応は、怯えたり顔を顰めたり首を振ったりと様々だ。

そのどれもが負の感情ということを除いては、だが。

「知らない者のために説明しておくと、こいつは最近王国との戦闘で見かけるようになった女だ。本名は不明だが〝武闘姫〟と呼ばれているらしい。こいつが出てきた戦いで、王国側が勝たなかったときはないとまで言われている」

カァムは大きく息を吐いた。

「この女は危険だ。このままいけば、この女ひとりに俺たち反乱軍は壊滅させられてしまうだろう。そうなる前に、なにか解決案をひねり出さなければならない」

「そうは言っても、どうするって言うんだ？　俺は近くでそいつの強さを目の当たりにしたことがあるが、まともにやって勝てる相手じゃねえぞ」

優香から逃げ切った経験のある男が、そんなことできる訳がないと顔の前で手を振った。

「じゃあ、卑怯な手でも使ってみるか？　毒ガスや地雷、自爆特攻。他にもまだまだ提案できるぞ」

「ダメだ。その女は魔法を使うぞ。それも肉体強化の魔法だ。よっぽど追い詰めた状況じゃなければそんなモノ、ただのおもちゃだ」

その手の知識に詳しい若い男が提案するが、すぐに否定的な回答があがる。それならばこれは、だったらこれはと次々と案が出るが、どれもが優香に対して有効に働くとは言い難いものばかりだ。

反乱軍たちの協議は、五時間以上も続いた。

その場にいるメンバーの顔色は悪くなる一方だ。

「少し休むか……」

澱んだ空気の入れ替えも兼ねてカァムがそう切り出した。

その場の全員が、そうしようと同意の声をあげる。

「よし、では六時間後にもう一度ここに集まってくれ」

その場にいた十数人の反乱軍のメンバーが散り散りに部屋を後にする。

最後まで残ったカァムも、しばらくどうするか考えた後、外の空気を吸うために重い腰をあげた。

† † †

パラデムロッジの下層民区画の夜は、日付が変わっても賑わいを見せている。

カァムは数ある飲食店の中から、適当な店を選んで腰を落ち着かせると、料理と酒を注文した。

「ふう……」

終わる気配を見せない会議がこの後にも控えていることを考え、カァムは重たい息を吐き出した。

「失礼。相席してもいいですか？」

そんな彼の目の前に、ひとりの男がやってきた。

「ん？」

カァムはその男を――勇を見あげた。

にこやかに笑顔を浮かべる彼を一瞥すると、カァムは店内を見渡した。

店内にはまだそれなりに空席がある。

「構いませんね？」

どうするか考えているうちに、勇はカァムの対面へと腰を下ろした。

丁度のタイミングでカァムが注文した料理と酒が届く。勇は料理を運んできた店員に同じものを頼み、カァムに笑顔を向ける。

「今、とても困ってるんじゃないですか？　反乱軍の幹部さん」

勇は出し抜けに言葉を投げつけた。その声色は、世間話でも始めるような調子であった。

「っ！　お前、王国の刺客か？」

自分の正体がバレていることを悟ったカァムは密かに机の下で短剣を抜き、いつでも男へ斬りかかれるよう準備する。その様子に気づいた勇は慌てて両手をあげ害意のないことを訴える。

「ま、待ってくれ。俺は別にあんたと争うために来たんじゃない。その逆だ」

「……逆？」

「そう、それを今から説明しようと思う。まずはその手を放してくれ」

カァムは警戒しながらも手にした短剣を鞘へ収めた。

「驚かせてしまったみたいで、すまないね。用件だけ言うと、俺は貴方に協力したいと思っている」

「協力……ね。どこの誰ともわからない人間に協力を頼むほど、俺たちは落ちぶれていないぞ」

「でしょうね。だから――」

勇は懐から写真を取り出して、カァムの前に突きつけた。それには優香が映っている。

「お前、これをどこで」

「出所はどうでもいいじゃないですか。問題は、俺がこいつに個人的な恨みを抱いてるってことです」

「恨み……？　いや、だがこいつは――」

「とても強い、でしょう？　だけど、それなら問題ありませんよ」

言葉を遮った勇は、ぐいっとカァムへと迫った。

「俺はこいつを――優香を倒すことができるんですからね」

†　†　†

そして、休憩明けの時間がやってきた。

「会議を再開する前に、ひとり紹介しなければいけないやつがいる」

カァムの言葉に、戻ってきたメンバーはざわついた。

「その横にいるひょろい男のことか？」

「なんだっていきなり」

「そんな怪しいやつを連れてくるなんて……」

などなど、非難囂々《ごうごう》だ。だが、カァムは落ち着けと皆を制した。

「ああ、皆の不満もわかる。だが、まずは話を聞いてくれ。さっき町の定食屋で出会った、イサムだ」

カァムは勇の肩に手を置くと、皆の前へと押し出した。勇は「よろしく」と短く挨拶する。

「それで、そいつがなんだってんだ？　まさか、俺たちの代わりに〝武闘姫〟をぶっ倒してくれるってのか？」

「はっ、そりゃいいぜ」

そんなことはできないだろと、集まった反乱軍のメンバーの間に笑いが起こった。

その中で笑っていないのはカァムだけだ。メンバーのひとりがそのカァムを見て、笑うのを止めた。

「……おい、まさか」

「そのまさかだ。こいつが、その〝武闘姫〟を倒してくれるそうだ」

「本気で言ってんのか？」

カァムはその問いに対して、神妙に頷いた。

「なにか根拠でもあるのか？」

「もちろんだ。イサムは〝武闘姫〟――ユウカの元仲間だ」

その一言で、場がざわめいた。

「それは本当なのか？」

「証拠は？　そいつが嘘をついていないと言えるのか？」

「お前たちの知らない情報を知っている。名前もその一つだろう？　俺は優香に復讐するために行動しているんだ。反乱軍に手を貸す必要はあっても、裏切る理由がない」

勇はさらに一歩前に出て、目の前にいる反乱軍のメンバーをひとりひとり見渡した。その視線に、メンバーは口を噤んだ。それでも勇を信用できないメンバーたちはなにかないかと考えた。

「で、でも！　仮に裏切らないとしても、あの化物を倒すことができるのかよ！」

その疑問の声は多数の賛同を得て、数人がどうなんだ、と叫んだ。

勇はその声に怯むことなく断言した。

「もちろん倒せる。そのために、お前たちに俺と優香を引き合わせる手伝いをしてほしい」

勇は勢いよく頭を下げて、反乱軍の人々に頼み込んだ。

六話　進む計画

「ふぅ……」

目的を達成してギネヴィアの工房へと帰宅した勇は、疲れで肩を落とした。

「お帰りなさい、イサム」

そんな勇を出迎えたのはギネヴィアだ。

「首尾はどう？」

「ああ、なんとか上手くいった」

勇は反乱軍との話し合いを思い出す。カァム以外の信用もなんとか得た勇は、反乱軍の被害を最小限にしつつ、優香をおびき出す方法を話し合った。

勇としては、適当な戦場で反乱軍のメンバーに一暴れしてもらうだけでよかったのだが、それに不満をもったメンバーが、綿密な計画を組み始めたのだ。

数分で隠れ家から離れられると思っていた勇は、思惑を外れて盛りあがるメンバーを見て、抜け出すきっかけを完全に逃してしまった。

熱い議論が交わされること半日。最後までその協議に参加し、さらに全ての作戦を頭にたたき込むよう言われた勇は、フラフラになりながら王国を抜け出したのだった。

「予想以上に白熱していたことを除けば、おおむね計画通りだな。あとは優香が引っかかってくれるのを待つだけだ」

その報告を聞いて、ギネヴィアは嬉しそうに笑った。

「それは良かったわ。お腹減ってるでしょう？　丁度レノールがご飯を作り終えたところなの」

「助かるよ」

イサムはレノールの作った食事を平らげると、視線を虚空に漂わせた。

「相当お疲れのようですね、イサム様」

「王国からここまで、かなり距離があるもの。今日はもうゆっくりしたらどう？」

「そうだな……」

流石に疲労の色を隠せないのか、勇は少し考えてから寝室へ引きあげることに決めた。

「一回休んでおかないと、後がキツそうだ」

疲れた身体を引きずりながら、勇は普段使っている部屋に入る。

「ん？」

すると勇に続いて、ギネヴィアとレノールもその部屋へと入ってきた。

「なにか用事でもあるのか？」

「うふふ、眠る前にもう一仕事してほしいと思って。それくらいの体力は残っているでしょう？」

「ああ、そういうことか」

ギネヴィアの言葉を聞いて、勇は唾を飲み込んだ。

ギネヴィアは、吐息が頬に掛かるほど近付くと、艶めかしい動きで勇の胸を撫でた。

これが誘いであることに、勇はすぐに気が付いたのだ。

勇とギネヴィアは一度身体を重ねてからは、数日に一度は行為を行うようになっていた。だが、目の前にレノールがいる状況で、というのは初めてだ。

勇がレノールへ視線を向けると、にっこりと笑顔を返された。

どういう意味か測りかねていると、レノールも勇との距離を詰めた。

ふたりとも、頬を上気させて勇へ胸を押しつける。

「……わかったよ。ただ俺は疲れてるから、できるだけふたりが動いてくれよ」

勇はそう言うと、ふたりを引き連れてベッドまで行き、柔らかなマットへ仰向けに倒れ込んだ。

腕を広げて横になった勇の股間はすでに盛りあがっている。

「あら、もうこんなにしてるけど、期待していたの？」

ギネヴィアは勇の下半身を見て、くすくすと笑った。

「ん？　ああ、気が付かなかったな。多分疲れているせいだと思う」

人は疲労や死の危機に陥ると、防衛本能から自動的に生殖活動を行える状態へと移行する。王国へ侵入するという緊張感と、慣れない取引。そして反乱軍との協議の果てに帰宅した勇の身体は、心底疲れ切っていた。

「これは……すみませんイサム様。こんな状態になるまで気が付かなかったなんて……」

レノールは勇へ駈け寄ると、すぐにズボンの上からその盛りあがりを撫でていく。

布越しに擦られることで摩擦が生まれ、勇の粘膜を刺激する。

思わず下半身に力が入り、勇は腰を浮かせることになった。

「ああ、イサム様……苦しそうです」

レノールはとろける視線でイサムの盛りあがりを愛おしそうにまさぐると、その中身へと手を伸ばす。

するりと、レノールの腕が勇のズボンの中へと侵入する。

勇はされるがままにズボンを脱がされ、下半身をさらけ出した。

レノールの鼻腔に、青臭い男の匂いが溢れる。その匂いを堪能し、レノールはさっそくスイッチが入ったのか、いきり立った逸物を頬にこすりつける。

柔らかな感触と共に、レノールの頬肉がペニスに吸いついた。

すりすりと肉棒を愛でていく。

「あぁ……イサム様。こんなに腫れさせて……よほどお疲れなんでしょう。待っていてください、すぐに楽にしてさしあげますので」

レノールは竿の下で震える睾丸を指でなぞると、ぺろりと血管の浮き出る竿を舐めあげた。

濡れた厚い肉がガチガチに硬くなったペニスをなぞる。

「……れろっ、どうですか？」

上目遣いで見つめてくるレノールに背徳感を覚えながら、勇は彼女の頭を撫でた。

それが嬉しいのかレノールは舌を肉棒に絡ませる。薄い唇の肉に圧迫された竿が、細かく痙攣した。

ビクビクと暴れる肉棒を押さえつけるため、レノールは少しだけ唇に力を加える。

動きを抑制されたペニスは、ならば、とさらに大きく盛りあがった。

「ちゅぽちゅぽっ、んろぉ……私の口の中は、ろうれひょうは」

「ああ、いつまででも入れておきたいくらい気持ちいいぞ」

「ちゅぽっ……れろっ。んっ……イサム様ので、口の中がとっても熱い……」

レノールは勇の肉棒全てを味わい尽くそうと、根元まで口の中へとくわえ込んだ。

鼻息を荒くして必死に舌を蠢かせる。

勇は目を瞑り、股間に意識を集中させて予想ができないレノールの舌の動きを堪能した。

「もう、レノールばかり楽しむなんてずるいわよ」

それを見ていたギネヴィアも、我慢ができなくなって勇へと近付いていく。

寝転がった状態の勇の頭に手を伸ばすと、額に軽く唇を当てた。

「あんな美味しそうに舐めてるところ見せられたら、私も欲しくなってしまうわ。ねえ、私の中に、その硬くて大きいのを入れてくれないかしら……」

よほど性欲が高まっているのか、ギネヴィアは手を自分の股間へと伸ばし、くちゅくちゅとわざとらしく蜜音を鳴らした。

「しょうがないな。レノール、変わってやれ」

レノールは勇に言われ、眉を垂れさせた。名残惜しそうに強烈なバキュームを行いながら、ペニスから口を離す。

「ごめんなさいね、レノール。次は貴女に譲るから」

レノールと場所を交換したギネヴィアは勇にまたがるようにして、すでに準備万端になっている陰唇を広げ、パンパンに膨れあがった肉棒を膣内に収めていく。

熱く濡れた膣道は程よく勇を締めつける。ギネヴィアは勇の逸物を根元までくわえ込むと、位置を調整するために二度三度腰をくねらせた。

ぴったりと閉じていた膣道は、挿入されたペニスの分だけみっちりと広がり、元の位置に戻ろうとする力でほどよく締めあげてくる。

膣肉が密着することで、猛々しく反った槍がギネヴィアの敏感な部分を刺激した。

「あんっ……あぁ、少し動かしただけで勇のが私の気持ちいいところに当たるみたい」

よほどいい場所に当たるのか、ギネヴィアは位置を定めた後も動き続け、勇のペニスを自身の膣にこすりつける。

ギネヴィアは腰をくねらせる度に、甘い声をあげて勇に視線を送った。

勇は挑発的なその視線を受け止め、希望に応えるように腰を突きあげる。

ギネヴィアの身体は激しく揺れ、豊満な胸が布越しに上下する。

突きあげられる度に嬌声を漏らし、ギネヴィアは満足そうな笑みを浮かべる。

「お腹の中……イサムのでパンパンになってるわ。少し動くだけで私の頭の中がとろけてく……」

「なら、もっと激しくしたほうがいいか？」

「うふっ、いいわね。私を壊すぐらいに激しくしてくれる？」

強気にでるギネヴィアを腰砕けにさせるため、勢いに任せて腰を振る。

激しく突きあげられたギネヴィアは、押し寄せる快楽を一心に受け、挑発するようだった視線は完全に惚けたものになっている。

挿入直後はぴったりと密着するほどキツかったギネヴィアの膣も激しいピストンによって広がり、キツい絞まりから徐々にまったりとした締めつけへ変化していた。

ぎちぎちの高刺激による短期決着を覚悟していた勇は、長期戦へ移行したことを膣の状態から感じ取り、激しく上下させる動きから膣内全体を練るような動きへと変化させた。

円を描くように腰を回し、うねる膣道とペニスを馴染ませていく。

「はーっ、……はーっん、はーっ。んんっ！」

激しいピストン刺激から一転して、焦らすような低刺激で責め続けられるギネヴィアは、深呼吸するような息づかいで勇の膣責めを堪え忍んでいる。

陰核を主張するように充血させながら、与えられる快楽に身を委ねていた。

それを見ていたレノールは、恥ずかしそうに勇の頭上に跨がった。

ギネヴィアを見ていた勇の目前に、レノールの蒸れた股間が突然現れる。

「イサム様……申し訳ありません」

レノールのショーツは身体の奥から溢れる密液で大きなシミが作られ、布から溢れ出して太ももを伝う。甘えるような視線を勇へと向けるレノールのその行動は、秘所を舐《ねぶ》ってほしいと無言で求めていた。濃密な女性の香りが部屋に充満し、勇も興奮を抑えることができない。

勇はその密壺を目指して、めいっぱい舌を伸ばす。

限界まで伸ばされた舌は、布越しにレノールの陰核を的確に突いた。

「イサム様……んっ」

電流を流されたような刺激がレノールの背筋を駆けあがる。

勇はその反応を面白がり、できるだけ激しく舌を動かした。

くいっと曲げることで、ギリギリで触れていた舌先が勢いよく肉豆から離れる。

「ンンンッ！」

陰核を弾かれたレノールは、駆け抜ける快楽によって漏れそうになる声を堪えた。

だが、我慢をすればするだけ、快感が増幅していく。

レノールの足が、がくがくと震え出す。

気を抜けば力が抜けそうになる足に力を込め、勇の頭に尻を押しつけないように注意する。

「そうか、ここが気持ちいいんだな」

勇は陰核を刺激されてふるふると身体を震わせるレノールを面白がり、執拗に下着越しの突起へと舌を伸ばし続けた。

「はぁっ……ん、イサムさまぁ……。そ、そんなにっ、敏感なところばかり、ひんっ！」

舌の先で執拗に陰核を嬲られたレノールは耐えきれずに荒く息を吐き出しながら、小さな絶頂を迎える。レノールの腰が気持ちよさそうに数度跳ね、溢れた愛液が勇の顔へと降りかかった。

勇は跳ねた愛液をぺろりと舐める。舌の上で濃厚な雌の味を堪能した。

「レノール、もっと尻を下げてくれないとお前のことを気持ちよくさせられないぞ」

彼女は言われた通りに腰をかがめ、濡れそぼる股間を勇の鼻先へと突きつけた。

近付くことで、勇の鼻腔はツンとした匂いを嗅ぎ取った。その匂いに誘われるように、勇は布越しにレノールの陰唇に吸いついた。

「あっ……あんっ、あっ、イサム様、そんなに動かすのは……くぅん！」

舌先で弄られていたときとは比べものにならない気持ちよさが、レノールの頭を真っ白にしていく。

秘裂全体にべったりと勇の舌が押しつけられ、蠢く。

「あんっ……あ、おぉんっ……ンンッ！」

幸福感がレノールを包み込む。

声にならない声をあげ、無意味な音を発し続ける。

勇は甘い嬌声を耳に入れ、さらに興奮が高まった。その高まりを、怒張した肉棒をギネヴィアの膣内で激しくピストンさせることで発散させる。

突然始まった激しい腰の動きに、気を抜きながら楽しんでいたギネヴィアも喘ぎ声を漏らす。

勇の鼓膜に、ふたりの女性の声がステレオで響き渡る。

聞いているだけでも気持ちが昂ぶり、勇の下半身の充血が増していく。

より硬くなった肉棒でギネヴィアの子宮を小突き、貪るように膣をかき分けた。

勇に責められ続けたふたりは、ふわふわとする意識の中、自然とお互いを支えるために指を絡ませるようにして繋いでいた。

そうしなければ、刺激の強さに気を失ってしまいそうだった。

ふたりを満足させるために、勇は一心不乱に舌を蠢かせ、腰を突きあげた。

勇の巧みな責めに彼女たちは徐々に喘ぎ声を大きくしていく。

「んちゅっ……あんっ」

「あむっ……うぅん……」

ふたりは下半身の刺激で朦朧としているうちに、お互いの唇を求め合う。

目の前で艶のある醜態を晒す同性というのは、高まる快楽をどうにか発散させるために都合が良かったようだ。

お互いにお互いを求め、舌を絡ませあう。

「ああ、んんっ！　もう……だ、ダメぇ。子宮がぞくぞくしてるっ、凄いの……くるぅぅ……」

「わ、私も……です。お豆のジンジンが……体中を満たしていくみたいに……ひんっ！」

ふたりは詰まるように喘ぎ声をあげる。

ギネヴィアとレノールはほとんど同時に絶頂へ到った。

ふたりはバランスを崩して倒れそうになる身体を、お互いの身体で支え合う。

ギネヴィアが前のめりになったことで、まだ膣内に収まっているペニスに負荷が掛かる。

追い打ちをかけるようにレノールの尻が顔に押しつけられ、息をすることが困難になった。

呼吸を封じられながら容赦ない締めつけが加わったことで、勇の耐久が限界へと向かっていく。

「あっ、イサム……それ以上お腹の中で膨張したら、ダメぇ！」

勇の男根が膨張し、膣道を押し広げられる快感でギネヴィアは連続して絶頂を迎えた。

派手な痙攣で彼女の身体は浮きあがり、反動で膣内に納められていた肉棒が外へと飛び出す。

一気に開放感を味わった勇の分身は、急な刺激の変化に対応できず、壊れた噴水のように精液を発射させた。

疲労からくる防衛本能で蓄えられた特濃の精液が、膨張したペニスから溢れ、ギネヴィアとレノールの体や顔へと張りついていく。

「あぁ、イサム様の濃い精液が顔に……」

レノールは勇の上から離れて、顔に付着した半ば固形になっているスペルマを愛おしそうにすくい取り、ちゅぱちゅぱと舐めとっていく。

一方ギネヴィアは、連続絶頂の余韻で身体を震わせながら、天井へ視線を注いでいた。時折、ぴくぴくと小刻みに身体を痙攣させながら、幸せそうな笑顔を浮かべている。

身体に力を入れることができなくなり、ギネヴィアは勇の身体に覆い被さるように倒れた。

そうして勇に、甘えるように身体をすり寄せた。

射精の疲労で朦朧としていた勇も、すり寄ってくるギネヴィアを愛でるために腕を曲げ、背中へと手を回す。

勇の手のひらに、汗で濡れた肌が吸いつく。行為の影響であがった体温が、じんわりと勇の手のひらを温めていく。

「イサム様……」

撫でられるギネヴィアを見てうらやましく思ったのか、レノールも勇に寄り添うように寝転がる。

レノールの愛液でべとべとになった顔を拭くこともせずに、勇はぼーっと天井を見つめた。

うつらうつらと瞼が開閉させる。

「さすがにもう……」

激しい息づかいを整えるために肩で呼吸を繰り返す勇は、眠気に耐えられずに身体から力が抜けていく。

ギネヴィアが抱きついてきて、腕が彼女の胸に埋まり極上の柔らかさを感じる。

それに続くように、レノールもギネヴィアとは反対の腕へと抱きつき、また別の胸の感触が勇へ幸福感と安心を与える。

勇は二つの幸福に埋もれながら、優香との戦いに備えて休息へ入った。

第四章　武闘姫

一話　戦闘区での再会

反乱軍から連絡があったのは、勇が十分に身体を休め、万全な状態へと到ってから二日後だった。

工房の扉に、宛先のない手紙が差し込まれていた。勇はすぐに封を切り、中身をレノールに確認させる。簡単な単語ならともかく、まだこの世界の文字には慣れていないからだ。

先の協議で反乱軍は、大規模な戦闘作戦を打ち出し、それを王国へとリークさせて、意図的に王国の最大戦力であろう優香を戦いに参加させる作戦を立てた。

気まぐれに参加する優香を、できるだけ高い確率でおびき出すためのものだ。

戦いの規模が大きくなればなるほど、参加する兵たちに話が届きやすくなる。その話を優香の耳に届けることがこの作戦の最大の難関だったが、どうやら上手く成功したようだ。

勇はその手紙を燃やすと、レノールを連れて反乱軍の隠れ家へと向かった。

半日ほど馬を飛ばして隠れ家に到着するなり、カァムが勇を出迎えた。

「早かったな」

勇はカァムとがっしり再会の握手を交わすと、脇に控えるレノールへと視線を流した。

「その女はなんだ？」

カァムは目深にフードをかぶり、顔を隠すレノールに訝しげな視線を送った。

「ああ、俺の配下のレノールだ」

「はじめまして、レノールといいます。イサム様に仕えさせていただいています」

レノールはカァムへと手を差し出した。

しかしカァムは差し出された手を取らず、じっと見つめて首をかしげた。

「レノール……？　どこかで聞いたことがある名だな……」

カァムは空に視線を投げ、腕を組んで記憶を辿った。

「そうかもな。レノールは元々王国に仕える女騎士だったからな」

「王国騎士のレノール……。まさかあの〝王国の守護天使〟レノールか⁉」

次の瞬間、カァムはレノールへ剣を突きつけた。

王国でも有名なレノールが、反乱軍の隠れ家へと足を踏み入れているという状況だ。たとえカァムでなくても、反乱軍に属する者なら誰でもそうするだろう。

「まあ待て。色々あって、今は俺に絶対の忠誠を誓っているんだ」

勇はカァムが構えた剣に手を掛けて、強引に下げさせる。

「さすがの俺も、それは鵜呑みにはできない。仮に今、イサムに忠誠を誓っているとしても、王国には背信しているんだ。そんなにコロコロと忠誠心が変わるやつを信用できる訳がない」

納得しないカァムに、勇は少し考えて一つ提案を出した。

「確かにカァムの言い分には一理ある。だからこうしよう。もしレノールがカァムの——いや反乱軍の不利になるような行動を取った場合、すぐにレノールの首をはねる、っていうのはどうだ？」

突然の提案に、カァムは絶句した。

「……な、なにを言っている？　そんな条件、仮にイサムが良くても本人が納得しないだろう」

「レノール、それで構わないか？」

「はい、イサム様のご命令ならば、私程度の首、すぐに差し出させていただきます」

淀みなく条件を飲んだレノールを見て、カァムはさらに絶句する。

「だそうだ。カァム、それでいいよな？」

「な……」

カァムはふたりへ交互に視線を送った。正気ではないと言葉に詰まる。真意を探るため、ふたりの目をのぞき見るが、ふたりとも本気だ。特にレノールの目は、決意に燃えている。

「……わ、わかった。そこまで言うなら信じよう。その言葉、忘れるなよ」

それだけ言うと、カァムは勇とレノールについてこいとジェスチャーで伝え、踵を返した。

向かう先はもちろん、戦場だ。

「ざっくりと説明すると、ここから四つ離れた区画で戦闘が始まっている。もちろん今回の戦いの全てがそこで行われているわけではないが、今日の主戦場と思ってもらっていい」

「町中で戦闘してるのか？　反乱軍にとって国民は守るべき対象だと思っていた」

「もちろんその通りだ。だから開発のために今は人が住んでいない区画を選んで戦場にした」

勇がカァムから詳しい戦闘状況を聞き終わる頃に、三人は丁度その戦場へとたどり着いた。

あちらこちらで煙があがり、遠くから魔法を打ち合う破砕音が聞こえてきた。

「仲間にはできるだけ派手にやってもらっている」

「優香は来てそうか？」

一番の問題点にさっそく切り込んでくる勇に、カァムはにやりと笑った。

「イサムが到着する数分くらい前に定期連絡があった。戦闘を行っていたいくつかの大部隊から連絡が途絶えたそうだ。まず間違いなく、来ているだろうな」

それを聞いて、勇は口の端を吊りあげた。

「なら、あとは作戦通り頼む。俺はすぐに単独行動を取る。レノールは反乱軍の被害を最小限にするよう動いてくれ。くれぐれも姿だけは晒さないようにな」

「はい、わかりました」

勇は戦場へと飛び出した。

† † †

その戦を、優香は楽しみにしていた。

（……無理して舞菜に会った甲斐があった。怪我を治してもらったついでに、こんな大戦の情報を貰えるなんてね）

足の怪我を治すために舞菜に会った際、優香は街で戦闘が起こされるという話を聞かされていた。大きな戦には多くの人間が参加する。そうなれば、優香の欲求を満たすほどの強敵も必ずいるだろうと考えやってきたのだが、蓋を開けてみれば雑兵が向かってくるだけ。

不満はやがて怒りへと変わり、それを発散するために、出会った敵を全て倒して回る。そしてその弱さにまた不満が溜まる。その繰り返しだった。

すでに両手で数え切れないほどの反乱軍の部隊と戦闘を行い、その全てを一瞬で壊滅させていた優香は、少しの休息をとることにした。

手頃な廃墟の中へと入り、中を調べる。

身を隠せる安全な廃墟であることを確認すると、優香は適当な物陰に腰を下ろした。

遠くではまだ王国兵と反乱軍がぶつかり合っているのだろう、破砕音が響き渡っていた。

「強敵がいると思ったから来たのに、ここまで収穫ゼロ。苦労して来た甲斐がない……」

優香は大きなため息を吐いて嘆いた。

歯ごたえのない戦いが続いたことで、この戦いへの興味がほとんどなくなってしまうほどだ。

「次に遭遇した敵が雑魚だったら、帰っちゃおうかな。……なんて、思ってるうちにか」

隠しきれない敵意を察知して、優香は立ちあがった。

廃墟の中、優香のいる場所が的確に包囲されているのを、優香は気配で察した。

(少しは楽しめればいいんだけど！)

優香が身体に魔力を循環させ始めるのと同時に、物陰に潜んでいた反乱軍が飛び出してきた。

目視で五十人はいるその集団を、優香は一瞥して落胆する。

(はぁ……全員ハズレ。まったく興味を引かれない……)

四方から優香を囲むようにして現れた戦闘員たちだったが、その中にはひとりも優香の求めるような強敵はいなかった。

優香はこの五十人を倒したら戦闘地域から離れ、適当な宿屋へと引きあげることを決意した。

そして、優香は身体の隅々に魔力を行き渡らせた。

勝負が決着するまでは、ほとんど一瞬だった。

敵の目の前へ躍り出ると、手が届く範囲の相手を片っ端から殴り飛ばしていく。

攻撃を繰り出させたり、防御のために腕を構えさせたりする前に大抵の敵が倒れた。

反乱軍の戦闘員たちでは、やはり優香には歯が立たなかった。

どんなに工夫を凝らして優香を罠にはめようとしても、一切無駄のない最速の攻撃によって突破されてしまう。まったく面白みのない戦いに、むしろ優香は手を抜いてしまっているほどだった。

八割ほどの戦力を削った頃だろうか。あくびをかみしめる優香の頭上で声がした。

「……よう優香。久しぶりだな」

反乱軍の下っ端を相手に適当に立ち回りをしていた優香は、その声に動きを止める。

様々な戦場へと足を運び、大暴れしている優香を恨む者は多い。戦場で声をかけられたのも今回が初めてではない。

声をかけてくる理由は様々だが、大半が優香に敗れてプライドを傷つけられたリベンジマッチだ。

時間が取られるだけでそこまで面白くもないものだから、無視することも多い。

だが、優香はその声に聞き覚えがあったし、自分の名前を知っている……。

この手で致命傷を与えたはずの、かつての仲間の声だ。

まだ周りにいる反乱軍を無視して、優香は振り返る。

そしてその目に、死んだと思っていた勇の姿を捉えた。

二話　怒濤

「……勇？」

死んだと思い込んでいた勇が目の前に現れ、優香は身構えた。

「本当に勇……？」

数ヶ月前、確かに致命傷を与えた相手が生きている事実が信じられずに、優香は問いかけた。

「ああ、もちろんだ。この左目を見ろ。お前が抉ったおかげで眼帯をつけなければならなくなったんだ」

勇は優香に見せ付けるように眼帯を指した。

「……どうやって生き残ったの？　普通、あんな怪我と爆発で生き残るなんてできない」

「そこは少し考えればわかるだろう？」

「どういう――ッ！」

優香は勇の言いたいことに気が付き、目を見開いた。

「ああ……あの魔女がなにかしたってことか」

「そういうことだ」

勇は優香の回答に拍手を送る。

「それで、その死に損ないがあたしになにか用？」

「わからないか？」

勇からドッと敵意が溢れ出す。

「なるほどね。裏切ったあたしを倒しにきたんだ」

言葉を交わしながら、優香はこれまで感じたことのない高揚感を抱いていた。

勇は優香と同じく勇者としてこの世界に召喚されている。魔力によって身体能力を強化されている優香ほど暴力的ではないにせよ、かなり高い身体能力、そして魔法の素質がある。

これまで戦ってきたどんな敵よりも、優香の心を躍らせる強敵だった。

「わかっているなら話が早い」

勇は魔法で、相手の動きを封じる剣を作り出すと、優香へと襲いかかった。

(まだ目の力は使わない。この戦いは、俺が神に対抗できるかの試金石でもあるんだからな)

優香への強い復讐心を抱いていたが、それに囚われないだけの理性も持ち合わせている。

ただ優香に勝つだけならば向かい合った瞬間に、目の能力で、周りで意識を失っている反乱軍の兵士と状態を入れ替えてしまえばいい。彼女はなにも考える暇もなく意識を失ってしまうだろう。

けれど、彼はそうしなかった。

(ここで俺に目の力を使わず優香に勝てるくらいの力がないと、カーフラと対峙するときに不安だからな。ギネヴィアから預けられたルーン・ソードの性能をテストするのにも丁度いい相手だ)

今すぐ目の前の女を八つ裂きにしたいほどの復讐心を抑え込み、魔法の剣を突き出した。

優香は冷静に剣の軌道を予想して、最低限の動きで回避する。

「ふっ!」

返しに、優香は勇の懐へと潜り込む。そして魔力で強化した拳を勇の顔へ容赦なく叩きつけた。

勇はそれを予想していたのか、空いた片手で優香の拳を上手く払う。そして優香の拳が届かない距離まで間合いを開く。しかも、魔法の剣が優香に届くか届かないかの、丁度いい位置へ。

優香は冷静に一度距離を取ると、勇の隙を見極めて突進した。再度懐へ――拳が届く間合いへ入り込んだ優香は、連続で拳をふるう。

「くっ！」

間髪入れずに距離を詰められ、怒濤の勢いで繰り出してくる優香。その連撃を勇は間一髪で躱していくが、数発が体をかすって服が切れ、この世界でもずっと着けていた腕時計も落とされてしまう。

優香との間合いを取るために、勇は魔法の剣を振るう。

彼女もその剣に斬りつけられることの危なさは知っている。無理に攻めることはせず、きっちりと距離を開けた。

だが、優香は身体能力の強化を存分に生かして、勇へ攻撃を仕掛ける。

勇もなんとか隙を突いて反撃に転じようとするが、魔力で強化された身体能力によって行われる素早い攻撃の隙は少ない。たとえ隙があっても勇の攻撃速度では間に合わず、ただ無防備を晒すだけになってしまうだろう。

「かっこよく登場した割には防戦一方じゃない？」

優香は慎重な勇を挑発する。だが、冷静な勇はそれを笑って受け止める。

「お前こそ、手加減しているだろ？　前はこんなに動きが遅くなかった」

「あら、バレてたんだ。それなら、少し本気を出そうかな！」

彼女は大量の魔力で全身を満たす。燃料が注ぎ込まれた身体はその魔力量に応じて活性化し、スピードをあげていく。

必死に優香の動きについていく勇。

だが、優香は攻撃が防がれればさらに魔力を注ぎ込み、どんどん速度をあげていく。

繰り返すうちに、いつしか勇の防御は間に合わなくなっていった。

「ちっ、予想はしていたけど素の状態じゃ優香の身体能力に太刀打ちできない……仕方ないか！」

勇はルーン・ソードを抜きはなった。その剣を手にした瞬間、身体の奥から力が湧いてくる。

さらにルーン・ソードへ魔力を流し、相手の動きを拘束する効果も付与する。

「よし、これなら！」

繰り出される優香の拳や蹴りに対し、勇はルーン・ソードで払うように対処する。

「むっ、妙な剣を抜いてから急に動きが良くなった？」

剣を持つ前とは明らかに動きの違う勇を見て警戒する優香。

試しに、牽制するように連続で蹴りを繰り出す。

案の定、その攻撃は勇のルーン・ソードで完璧に対処されてしまう。

（よし、優香の動きについていけている。この剣の力は優秀だな。さすが〝ブレイブ・ルーン・ソード〟の代名詞だ！）

勇は剣の性能に満足しつつ、優香が隙を晒す瞬間を虎視眈々と狙う。

（あの剣、持ち主の身体能力を強化するの？　しかも魔力を纏っているし、相手を拘束する能力は引き継いでいると見るべきね。本当に厄介な魔法だわ……）

一方の優香は、適当に振るわれるだけでも回避行動を強いられる剣をどうするか思案していた。

咄嗟にあがった選択肢は二つだった。

(リスクを覚悟で手を攻撃して剣を持てなくするか。それとも剣を振る余裕もなくなるくらい、あたしの攻撃速度をあげていくか……)

優香の決断は早かった。

(勇の身体能力があがっても、あたしの全力には対処できないはず!)

ピンボールのように跳ねていた優香は、一瞬だけ動きを止めた。

「なにかするつもりか? だが、今の俺なら……」

大きな予備動作に勇は強力な一撃が来ると予想してルーン・ソードを正面に構える。

対する優香は身体に限界まで魔力を巡らせ、極限まで身体能力を向上させると、膝を曲げた。

「勇、受け止められるものなら受け止めてみなさい!」

そして、足の筋肉全てに力を込めた。目標を見定め、動きを封じられる剣に当たらない軌道を予想し——地面を蹴る。

地面の爆発と共に勇の視界から優香が消える。

「な——ごばっ!?」

次の瞬間、勇は廃墟の壁へ叩きつけられていた。

それは、優香が魔力を使って引き出せる限界の身体強化による神速の一撃だ。

音をも置き去りにする速さは完全に勇の予想を超え、彼に反応する時間を与えなかった。

だが、それで終わるほど勇も柔ではなかった。追撃を警戒し、剣を構え直そうとする。しかし、優香も甘くはない。勇が剣を構え直す前に、下からの蹴りあげを勇にたたき込み、宙に浮かせる。

優香の思惑通り、勇の身体が衝撃で宙へ投げ出される。

それは、完全な無防備を晒すのと同義だった。

優香はピンボールの球のように廃墟の壁から壁へと跳ね、浮いた勇を袋叩きにした。

度重なる打撃の衝撃に、勇の身体にダメージが蓄積していく。その途中、地面に叩きつけられた勇は、ここぞとばかりに横へと転がった。

少しの移動でも、高速で動く優香にとっては大きな誤差だ。攻撃は外れ、それでも動きの止まらない優香はしばらく跳ね続けた。

勇はその間に体勢を立て直す。

（このままじゃ……まずいな。ルーン・ソードを持っていてもこのザマとは……単純な戦闘力では向こうに分があるみたいだ。状況を打開するには目の力を使うしかない）

優香の圧倒的な戦闘力を見て、勇は単純な力比べては勝てないことを認めるしかなかった。

しかし、不貞腐れる時間はない。眼帯を外して、いつでも交換の能力を使用できるようにする。

優香の姿を捉えた瞬間、自分と彼女の身体能力を交換するつもりでいた。再びすぐに魔力で身体能力は強化されるだろうが、一瞬でも動きが鈍れば、交換によって手に入れた身体能力と交換の力で、どうとでもなるだろうと考えていた。

勇は即席の戦略を実行に移すため振り返る。

「しぶとく生きているみたいね。でも、今回は容赦なくトドメを刺しにいくよ！」

同時に、動きを止めた優香が改めて勇に狙いを定めて地面を蹴った。

ロケットのように飛んでくる優香に驚いた勇は咄嗟に横へと飛んだ。直前まで勇の身体があった場所を、肉の弾丸と化した優香が通り過ぎる。

優香を視界に収めるために、勇は背後を振り返った。

「……ッ！」

だが、そこに優香の姿はない。

高速で移動し、縦横無尽に跳ね回る優香は、とうに勇の動体視力で追い切れる速度ではなかった。

ルーン・ソードで能力を強化している彼でもこれだ。普通の兵士では影すら追えないだろう。

壁を蹴る音は聞こえるが、どこへ視線を向けても姿を捉えることができない。

「くそ……これじゃあ」

姿を捉えることができなければ、交換の能力を使用することはできない。

焦りを募らせる勇を流れる視界の端に捉え、優香は次の一撃を繰り出すタイミングを測った。

そして、勇の意識が完全に反対方向を向いた一瞬を優香は見逃さなかった。

軌道をコントロールして勇へと突撃する。

ただぶつかるだけでも致命傷を与えることができるスピードをもって、優香は勇へと迫る。

そして一瞬の躊躇もなく、優香は拳を突き出した。

三話　手加減

優香の全体重を乗せた最大速度の一撃は、確かに勇の腹を打ち抜いた。

その一撃は、現在の優香が出せる最大出力による一撃だった。普通の人間なら、その身体は衝撃に耐えられず四散するほどの威力を持っていた。

もし勇がその一撃によって死んでしまえば、行き場を失った魔力が暴走して大爆発を起こすのだが、勇者として召喚された勇ならこの攻撃にも耐えられるだろうと優香は容赦なくそれを叩きつける。

拳に当たる筋肉の感触。それが捻れていくのを優香は感じ取った。

彼女が勝利を確信したそのとき、盛大な破裂音が響く。

「――ッ!?」

勇は苦痛に顔を歪めることなく、優香に視線を合わせて笑っていた。

そして爆発したのは、ふたりの足下だった。

優香は爆風に煽られ、同時に巻きあげられた瓦礫が彼女を襲う。

握り込んだ手よりも若干小さい礫《こいし》から、優香の頭ほどの大きさを持つ塊まで、様々なサイズの瓦礫が優香の全身を打ちつける。

気が付けば優香の身体は投げ出され、地面に倒れ込んでいた。

優香はなんとか体を起こし、受けたダメージ量を確認するため全身をチェックする。

瓦礫による打撲が多く、鈍い痛みが発せられている。爆発点から一番近かった足の損傷が特に酷く、まったく動かすことができない。

「な、なにが起きたの……？」

予想外の現象に混乱しそうになる思考をなんとかまとめながら、優香は歯を食いしばった。

「ふぅ……まずまずかな」

そんな彼女の耳に、緊張感のない勇の声が届いた。

ほとんど同じ場所にいたというのに、勇の身体は爆発による一切の損傷が見受けられなかった。

「姿が追えないくらいスピードがあがったときはどうなるかと思ったが、なんとかなったな」

「なにを……したの？　それに、その目……」

勇の左目が禍々しく輝いているのを見て、優香の背筋に悪寒が走った。

「これか？」

と勇は左目を指す。瞳の色も瞳孔の形も違うそれは、まるで悪魔のようだった。

状況を鑑みれば、石の奔流がその目によってもたらされたものだというのは一目瞭然だ。

困惑した様子を見せる優香に対し、勇は自慢するように左目へ手を添える。

「あらゆるものを交換する能力。俺の新しい能力だ。この目はなにもかも、交換することができるんだよ。たとえば、俺が受けるダメージを、足下の床へのダメージになるようにしたりな」

「……あらゆるものを、交換する能力？」

優香はそれを聞いて、なぜ勇には一切のダメージがないのかを理解した。そして同時に、突然地面が爆発した理由もだ。優香の放った全力の一撃。勇の身体を吹き飛ばすために放たれたその攻撃によって与えられるダメージを、足下の床が受けるようにしたのだ。

「なに……そのチートみたいな力」

優香自身は見えずとも、自分の体と床のダメージ交換なら、瞬時に行える。

「お前たちに復讐するために手に入れた力だ。吹き飛ぶ優香の姿は実に爽快だったぞ？」

適当な反応を見せながら、優香はぺらぺらと自分の能力を説明する勇に気が付かれないように、魔力を再び身体全体に循環させる。

それによって、まったく動かなかった足の感覚が少しずつ戻ってきた。

圧倒的に有利な状況の中で、勇は優香と舞菜をどれほど憎んでいるかを長々説明している。できるだけ話を引っ張って、最低限戦えるまで身体を回復させた。

(……よし、舞菜の回復とまではいかないけど、ここまで動かせるようになればまだ戦えるわ)

優香は不意をついて勇に一撃を見舞おうと、チャンスを窺う。

「そんなに怖い顔をしてももう終わりだ。お前が俺に勝てる可能性があったのは最初のうちだけだ。まあ、予想以上に早く本気にさせられはしたが……」

と勇が身体から力を抜いて、肩と頭を同時に落とした瞬間——。

「そうかな!?」

優香は飛び起きて襲いかかった。

「だから無駄なんだって」

勇は襲い来る優香を睨みつける。

「あっ……」

それだけで、優香はがくりと膝から崩れ落ちた。

突然身体が重くなり、優香の息は乱れ始めた。心臓はドクドクと激しく高鳴り、全身に血液を送り込もうとしている。

酸欠による目眩いまでし始めて、立っていられなくなった優香は地面に膝をつく。

「今度は……なにをしたの？」

早鐘を打つ胸を押さえながら、優香は勇を睨みつけた。

「ああ、そこに転がってる反乱軍の青年の体力と優香の体力を交換したんだ。俺が交換できるのは物理的なことだけじゃなく、状態や現象、精神的なものまで含まれるからな。お前が痛めつけた相手だ、ほとんど体力なんて残ってないだろ？」

「そんなことまでできるの!?　どこまで非常識なのよ、その能力は！」

優香は悔しげに呻いたが諦めたわけではない。少ない体力を使って、なおも勇へと飛びかかった。

「なにっ!?」

体力のない状態で反撃してくるとは思わなかった勇は、驚いて一瞬動きが鈍った。

優香の拳は勇の頬にめり込んだ。

しかし勇は拳が頬を打ったにもかかわらず、まったく表情を変えずにため息を吐いた。

「ふぅ、驚いたぞ。往生際が悪いな。俺を殴って気が済んだか？」

「く……！　この、このっ！　くそおおおおっ!!」

優香は諦めずに勇を殴り続けた。眉間、喉、鳩尾、腹、心臓、股間。人間の弱点を中心に、殴れる場所は全て殴ったが、勇はびくともしなかった。

「ふざけないで！　こんなの……こんなの嘘よ！」

なにをしてもダメージを与えられない勇に、優香の精神が悲鳴をあげた。

勇には勝てない、このままでは一方的に嬲られて終わりだと直感したのだ。

優香は恥を忍んで勇に背を向けると、逃走を試みた。全身を包む倦怠感を振り払って、勇から距離を取るために全力で走る。

だが、必死に動かした足は無情にももつれ、バランスを崩して転倒してしまう。

起きあがろうと藻掻いている間に、勇は簡単に優香へと追いついた。

「負けを認めろよ。お前はもう俺には勝てないし、そこら中に倒れた兵士が転がってる限り、体力を何度回復させても、逃げることもできない」

転がる優香の服を掴むと、勇は軽々持ちあげる。

「これで、お前の命は俺の手の中だ」

優香は逃げることを諦めた。完全に身体から力を抜く。

「殺せばいい。それが目的なんでしょう？」

「ああ、そうだな。……と言いたいところなんだが、少しだけ事情がある。俺たちに協力するなら、お前の命は助けてやろうと思ってる」

「……協力？」

「ああ、ギネヴィアを覚えているだろ？」

「もちろん……。そういえば、勇が生きているってことは、あの魔女も生きているのか……。ウィザルがそれを知ったら、きっと卒倒するでしょうね」

「だろうな。でだ、そのギネヴィアの目的を達成するために、ある程度の戦力が必要なんだ。今の戦闘でよくわかったが、やはり純粋な戦闘力でお前に勝るものはいない。手伝ってくれるだろ？」

「……嫌だって言ったらどうなるの？」

少しでも抵抗の意思を見せようと、優香は顔を引きつらせながら笑った。

勇は、突然穏やかな笑顔を浮かべた。

「大丈夫だ。それは、絶対にありえない」

どういうことかと、優香は疑問を投げかけようと口を開く。

だが、それよりも前に勇の左目が怪しく光った。

四話　精神侵略

勇の左目に睨まれた優香は、身体の自由を奪われた。

優香を掴んでいた手が放される。しかし優香がどんなに身体を動かそうと力を入れても、藻掻くことすらできず、ただその場に力なく座り込む。

（な、なに？　意識が……）

さらに、優香の意識が混濁し始める。思考がまとまらず、今なにをしているのかすら定かではなくなっていく。

「優香、お前は色々な場所で戦っていたらしいな」

遙か遠くから、響くように勇の声が優香の耳に届いた。

「……そうだけど」

「なぜそんなことをしている。魔女を倒し終わったんなら、あとは日本に帰るとか、悠々自適に暮らせばいいはずじゃないか」

「それは、ストレスを発散させるためで……」

優香は聞かれるがままにその質問に答えていた。その上、言わなくてもいい過去まで語っていく。

勇はそれに最後まで耳を傾けた。

「なるほど、じゃあこうしよう。お前が戦う理由は、これからはストレスを発散させるためではなく、俺のためだ。日々募る、俺への想いを糧に戦うんだ」

「ぅ……あたしは……毎日……い、勇の……ために……？　あっ」

途端、優香の意識は晴れ渡った。今までの混濁が嘘のように、優香には世界が明るく映った。

「改めて聞くぞ、優香。俺たちを手伝ってくれるよな？」

「え？　あっ、そんなの当たり前でしょう？　勇のためなら、あたしはなんだってする」

その言葉を聞いて、勇は内心でほくそ笑む。

レノールのときと同じように、自分の都合のいいように彼女の闘争心の原動力を変換したのだ。

「よし、なら引きあげようか。ここでの目的は果たしたからな」

勇は優香へ手を差し出した。彼女はそれを嬉しそうに掴み、立ちあがる。

好き勝手に戦うために王国側についていた優香には元々忠誠心がなく、あっさりと勇の言葉に従う。

「ええ、そうしましょう」

ふたりはすぐに戦場から脱出した。その足で勇はカァムの元へと向かった。

目的を達成したことを知らせるためだ。一旦優香を戦闘地区に近い区域にある宿屋へと預ける。

反乱軍を困らせていた張本人を連れて行くのは、得策ではないと考えてのことだ。

下手に連れて行けばカァムの、引いては反乱軍の反感を買いかねない。レノールのことでもギリギリだったのだから。

戦闘区域の外れで指揮を執っていたカァムを見つけ、勇は声を掛ける。

勇に気が付いたカァムは、大きく手を振った。勇もそれに答えて手をあげた。

「イサム。そっちは順調か？」

「ああ、俺の目的は達成したよ。後はこの戦いを終わらせるだけだな」

「もう終わったのか？　早かったな……。俺はてっきり情報共有で戻ったのだとばかり思っていた」

勇が飛び出して行ってから、まだ数時間も経っていないのだ、そうなるのも無理はない。

「ああ、案外早く見つかったんだ」

「そうか、それなら良かった。……しかし、あの〝武闘姫〟と戦って、傷一つなかったのか？」

「もちろんだ。……と言えれば格好良かったんだが、さすがに数発は入れられた。ここに寄る間にあらかた回復させたんだ」

「そうなのか？　だが良かった。〝武闘姫〟が消えたのなら、後はこの戦争を終わらせるだけだ」

嬉しい報告に、カァムのやる気が俄然上昇した。

「優香がいなくなって、王国側に勝ち目はないと思うが、戦いが終わるまではレノールを戦場に残しておくよ。アイツは王国軍に詳しいし、俺たちと互角に戦えるだけの力があるから、負けることはないだろう」

「助かる。それで、イサムはこれからどうするんだ？」

「俺はこのまま帰る。元々優香と戦って勝つまでが俺の仕事だったからな。ただ、戦場を突っ切って、できるだけ王国の戦力を削っていこうと思う」

「そうか。またなにかあったら、だな」

勇はカァムと熱く握手を交わして別れ、優香を待機させている宿屋へと戻る。

「どこへ行ってたの？」

「野暮用を済ませにな。さて、帰るぞ」

「うん、わかったわ、勇」

ふたりはすぐに宿を出発し、ギネヴィアの待つ工房へと向かった。

† † †

その日の夜。

ギネヴィアの工房へとやってきた優香は、適当な部屋を宛がわれ、暇を持て余していた。

戦っては眠る生活をしてきた影響で、なにもせずにいる時間というのに慣れていなかったのだ。

暇を持て余した優香は、そわそわしながら勇の部屋へと訪れる。

扉の前に立つと、緊張で手のひらに汗が滲む。それを袖で必死に拭きながら、優香は深呼吸を繰り返した。そして意を決すると、扉をノックした。すると中から「なんだ?」という勇の声が聞こえた。

優香はもう一度手のひらに滲んだ汗を拭くと、ドアノブに手を掛けて回した。

「優香か、どうかしたのか?」

「ちょ、ちょっとね。今、大丈夫?」

「ああ、丁度晩酌していたところだ」

「そ、そうなの」

眠る前に酒を飲んでいた勇は、部屋へとやってきた優香を迎え入れた。

優香は緊張した面持ちで勇の部屋へと入ると、キョロキョロと中を見渡した。

「優香も飲むか?」

「え……いや、いい。あたし、まだ……だから」

「そうなのか？　てっきり飲めるほうかと思った」

「失礼な。そんなふうに見える？」

「そこまでは言ってないだろ。舞菜より大人っぽく見えるからさ」

「それ、本当？」

「もちろんだ」

優香はその言葉を聞くと、意を決したように勇へと近付く。

「じゃあ……証拠、見せてくれる？」

椅子の後ろへと回った優香は、グラスを傾けようとしていた勇へしなだれかかった。

頬と頬がふれあうほど接近し、優香の顔が薄く赤みを帯びた。

「誘ってるのか？」

「言わせないでよ……」

「仕方ないな」

勇はグラスに入った残りの酒を呷ると立ちあがり、優香の腰に手を回した。

「ここじゃ危ないだろ？」

勇はダンスにでも誘うように優香の手を取り、ベッドへとエスコートする。

まんざらでもない様子で連れられた優香と共に、ふかふかのベッドへと腰掛けた。

「んっ……!?」

勇は強引に優香の唇を奪うと、口内に舌を滑り込ませた。奥を守るように閉じられた歯の生え際をくすぐるように舐める。優香はすぐに唇から力を抜いた。

正門を突破した勇の舌は、やりたい放題だ。縦横無尽に蠢き、彼女の口内を蹂躙していく。

息を止めていて十分な呼吸ができない優香は、苦しさの限界を訴えて身を離すように勇の身体に手を当てた。

「ぷはっ。キス、どうだった？」

「あっ……も、もっと……もっとしてほしい」

優香は餌をねだる小鳥のように口を開け、舌を突き出す。一瞬前の息苦しさを忘れてしまうほど、優香はそのキスの虜になっていた。口内を征服される感覚が脳細胞へと染みこんでいく。

勇はそんな姿を見て、黒い感情が育つのを自覚した。

(俺を裏切った女が、今度は俺に尻尾を振ってくる。いい気分じゃないか)

「は……はやく、キスしてよ……」

感慨に耽る勇に、焦らされていると勘違いした優香がキスをねだる。仕方のないやつだと、勇は突き出された舌を口へ含んだ。

ざらざらとした舌の表面を、歯で擦るように愛撫すると、優香の表情は一気にとろけていった。

それだけではもの足りないだろうと、勇は突き出された優香の舌を思い切り吸引した。

「ンッ！　ぢゅっ、うぅ……んんっ」

急な吸引によって、優香は驚いて身体を密着させた。押し当てられた柔らかな胸が形を変えて、勇の意識がキスから逸らされそうになる。

柔らかな双丘を後で堪能することを決意し、今は優香とのキスに精力を注ぐことに決める。

強く吸いついていた舌を解放すると、今度は再び優香の口内に自分の舌を侵入させた。

ぬめつく口内を、勇は舌で舐め回す。だんだんと舌同士が絡まっていく。

お互いがお互いの舌を舐め合うことで、柔らかく十分な湿り気を帯びた肉は境目をなくしていく。

ただ、気持ちよさだけが供給されるその行為に身を委ねる。

時間が経つにつれて、優香の頬は上気していき、視点が定まらなくなっていった。

「んっ……あっ、んぢゅ、ンッ、はぁ……んっ、はぁ……」

「はぁ……はぁ……」

どれくらいその行為を行っていたのか定かではないが、気が付けばふたりは唇を離し、ぼーっと見つめ合っていた。息苦しさからか息はあがり、肩で呼吸を繰り返している。

勇はゆっくりと優香の肩へと手を伸ばし、ベッドへと押し倒した。

「ふあっ……！　ンンンッ……」

秘裂を指でなぞると、それだけで優香の背筋に快感が駆けあがる。

「可愛い反応もできるんだな。そんな反応されると、こっちも我慢できなくなってくる」

さらに彼女の手を取ると、自分の下半身へと誘った。

「あっ……」

布越しでもわかるほど膨張したそれが手に触れ、優香の瞳がきょろきょろと所在なさげに動き回った。

そんな優香の反応をさらに楽しむため、勇は逸物を露出させる。

「あっ……」

跳ねるように飛び出しペニスに、優香は言葉を失った。

しばらくの無言のあと、優香はビクビクと小刻みに律動するペニスをのぞき込むように見て、小動物のように震えた。警戒しながら優香は、恐る恐る顔をあげて勇を見る。

「こ、これ……本当にあたしの中に入るの？」

「まあ、大丈夫だろ。それにもしダメだったら、すぐに止めるよ」

気軽に言う勇だったが、入れるほうと入れられるほうでは気持ちにずいぶんの違いがあるのは知っており、不安そうにペニスへと視線を注ぐ優香の頭を撫でた。

「わかったよ。それじゃあ、挿入しやすいように優香が俺のを濡らしてくれよ」

「あ……あたしが？」

「そう。こうやってさ」

「んっ」

勇はおもむろに優香の股間へ手を伸ばすと、濡れそぼった痴裂をこねくり、指先にたっぷりと愛液を絡ませた。それをペニスに塗りつける。

「できるだろ？」

優香はそれに小さく頷いた。そして、自身の局部へ細い指を這わせる。

艶めかしく指を動かし悶える優香の姿に、勇は目を奪われた。

「そ、そんなに見ないでよ」

「恥ずかしいのか？　だったらもっと恥ずかしくしてやるよ」

そう言いながらも勇は優香を押し倒すと、強引に足を開いて局部へと視線を注いだ。

優香にしごかれていたペニスも動かして、露《あらわ》になった秘裂に押し当てる。

「ちょっと、やめっ……もう！」

その行為に困惑しながらも、優香は手を動かすのを止めない。

勇はそのまま優香の局部へ亀頭をこすりつけた。先端から漏れるカウパーと、密壺を濡らす愛液を混ぜ合わせる。優香も指を使って、さらに愛液をペニスへと塗りつけた。

「さっきより反応がよくなったな。恥ずかしいだけじゃなく気持ち良くなってきた証拠だ」

「もう……変なことしないでよね」

「でも、おかげで十分濡れただろ？」

滑りのよくなった勇のペニスは、今か今かと脈打っている。その凶暴さに生唾を飲み込みながら、優香は頷いた。

勇はとろけた恥裂にペニスを挿入していく。ぐにゅりと陰唇が広がり、亀頭が埋没した。さらにこれでもかというほど広がり、必死に亀頭をくわえ込もうとしている。優香は少し苦しそうに身を震わせながら、ゆっくりと、だが確実に勇の剛直を飲み込んでいく。

「んああっ……」

狭い膣道を押し広げながら、勇のペニスは奥へ奥へと進んでいく。

「うっ……膣内がうねってて、挿入しただけで絞り取られそうだ」

ヒダがぴったりと亀頭に絡みつき、適度な柔らかさを持った肉で包み込んでくる。少しでも動かせば肉の突起がカリ首に引っかかり、極上の快楽を勇へと与えた。

「ちょっと……ちゃんとあたしも気持ちよくさせなさい……ん、入れただけでイクなんて、だらしない姿見せないでよね」

「まさか。確かに優香の中は気持ちいいけど、それで我を失うほど素人じゃないさ」

優香から活を入れられた勇は、ぐっと腰に力を入れて漏れ出そうになる精液を押し止めた。

さらに彼女の欲求を満たすために、勇はテンポ良くリズムを刻む。

間断なく、一定の間隔で腰を動かし続けると、優香は小さく喘ぎ始めた。

「んっ、あっ。上手……あぅ、ん……」

「これでもお前よりは大人だからな。お前の弱点ももうわかってるぞ？　ここだろ？」

「んひぅ！」

角度を変えて子宮手前にある感触の違う膣壁を突くと、優香は悲鳴のような嬌声をこぼした。

「ここを責められると、優香はどうなるんだ？　教えてくれ」

「ひぅ……あっ、ぅうう……ぅんっ！　はっ……そ、そこぉ……擦られるとぉ……んっ！　チカチカする……。頭が……チカチカするぅ」

優香は勇のペニスが弱点を突く度に、うわごとのようにそう呟く。

「そうだろ？　もっとココ、擦ってほしいよな」

勇が耳元で囁くと、優香は必死に頷いた。

「あ……ええ。もっと……擦ってもらいたい……」

「よし、任せろ」

要求どおり、勇は優香の弱点を重点的に責め続けた。

しばらく責め続けると、ペニスの先端にズンとなにか押しつけられてくる。そう、コリコリとした感触を届けるのは、子宮口だ。

快楽の波に負けて降りてきたようだった。

「こんな浅いところまで子宮が下りてきてるぞ、優香」

優香の下腹部を愛撫しながら言う。

「え、あうっ。そ、そんなこと、言われても……あたしには、どうしようもぉ……」

ゴツゴツと子宮口をペニスで突かれる度に、優香は身をよじり、息を荒げていく。

気が付けば、ちょっと柔肉をかき分けるだけで隠しきれない嬌声を漏らすようになっていた。

勇は可愛らしい反応を見せる優香を見て、溜まらず首筋にキスをする。

「そんっ、ンッ！　吸いついた、らぁ！　痕がついちゃうでしょ……くぅん……」

「誰も気にしないさ。それよりも、優香が満足してるかどうかが問題だろ？」

「あ……あたし、ぃ……もっとぉ！」

優香は勇のピストンだけではもの足りず、自分でも腰を揺すりはじめた。

寝転がった体勢で必死に腰を動かす。

その動きがものをねだる子供のような動きで、勇を昂ぶらせた。

勇は優香の必死な姿をもっと見ようと、わざと抽送運動の速度を緩める。

「んんっ！　ダメ、そんなんじゃ足りない！　お願い！　もっと動いてぇ！」

なりふり構わずに、優香は腰を振り始めた。

それだけでは足りずに、ぐりぐりと子宮にペニスの先端を押しこんでいく。

「わかったよ、こんな感じか？」

どうしても、という優香の頼みに勇はより深い場所を突くために、腰をねじこませた。

ゴツリと子宮口にペニスの先端が叩きつけられ、優香は目を見開く。ブルブルと身体が震えたかと思うと、徐々に彼女の身体から力が抜けていった。

膣肉がびくびくと収縮し、勇のペニスに新しい刺激を伝える。

優香の腰が、ビクビクと跳ねている。小さく潮を吹かせながら、優香は顔を手で覆った。

「ぅあっ……や……見ないで、今凄く恥ずかしい顔してるからぁ」

「可愛いの間違いだろ？」

強引に顔を覆う優香の手をどけると、隠れていた表情が露になる。目尻は下がり、潤んだ瞳はどこか遠くを見つめている。だらしなく開いた口からは、とろとろに粘つく涎が一筋垂れていた。

絶頂した瞬間の表情を見られた恥ずかしさから、優香の身体はさらに高い絶頂を迎える。勇はそんな優香に興奮している自分に気が付いた。ペニスの高まりに身を任せながら、腰を振り続ける。

「あ……ま、まって」

優香の静止の声を無視して、絶頂の影響で複雑に蠢く膣内を擦り続けた。

膣ヒダを肉棒で掻き回され、自分では止めようのない快楽が優香の神経へと流れていく。

「ひぅ！　ああっ……！　そんなに掻き回されたら……頭が真っ白になっちゃうっ、からぁ！」

「俺もう……。優香、射精《だ》すぞ！」

十分に優香を満足させられただろうと、勇もラストスパートを掛けた。

なりふり構わず、獣のように腰を振って射精感を募らせる。

「いっ――ンンンッ！」

そして派手に痙攣して絶頂した優香と共に、勇は射精の開放感を味わった。

五話　神託

夜もかなり深い時間に、ウィザルはある部屋の扉を開いた。

部屋に入っても一切の明かりを灯そうとせず、天窓から差し込まれる月明かりと慣れによって部屋の中を移動する。

予め用意してあった果物が入った籠を持ち、部屋の入り口からは死角になって見えない柱の陰へ移動すると、コツコツと壁を叩いた。

一定の法則によって叩かれた壁は、小さく軋みながら変化を遂げた。

一瞬前まで壁だったそこには、地下へと続く階段が現れている。

壁に設置されていた蝋燭に火が灯り、暗黒に包まれていたその奥が照らし出された。

まっすぐに地下へと続くその階段は、入り口から見える限りひたすらに続いている。

ウィザルは部屋の入り口を見て、だれも来ないことを確認すると地下への階段を降りていった。

部屋に誰もいなくなると、壁は独りでに動き出し、再びなんの変哲もないただの壁へと戻り、静寂に包まれた。

ウィザルは延々と続くその階段をひたすらに下っていく。

十数分ほど下り続けた頃、ようやく前方に小さな扉が見えた。

彼はそのまま淡々と階段を下り続け、扉の前へとやってくる。

その扉を開ける前に、ウィザルは祈りを捧げ、「失礼いたします」と頭を下げながら中へと入った。

わざわざ声を掛けたにもかかわらず、その部屋の中には誰もいない。

扉を開けた先には、祭壇があるのみだ。

ウィザルはもってきた籠をその祭壇の中央へと置く。そして四隅にある燭台へ火を灯した。

すると、部屋の空気がずしりと重くなる。ウィザルはそそくさと部屋の中心へと移動して、膝をついた。

祭壇の中央に置かれた果物が、みるみるうちに腐食していく。

全ての果物が腐りきるのと同時に、祭壇の中央に少年とも、少女ともいえない子供が現れていた。

その子供は、ふてぶてしい態度で腕を組み、パラデムロッジを統べる王であるウィザルを見下していた。

「ふん……。随分とご無沙汰ではないか、ウィザル」

しかしそんな態度を取るだけの格の差が、その子供とウィザルの間にはあった。

「申し訳ございません、カーフラ様。カーフラ様へ捧げる最高級の品物を揃えるのに、少々時間がかかったもので」

それもそのはずで、子供は、この世界を創造した神であるカーフラなのだから。

「そうか。ならば仕方あるまい。確かに今日の供物はかなりのものであったな」

カーフラは頭を下げ続けるウィザルを見て荒く鼻を鳴らす。

「まあよい。些末なことで心を動かしている場合ではないからな。……それでウィザルよ。あの小娘共は上手くやったのか？」

組んでいた腕を組み直し、カーフラはウィザルを睨みつけた。

その質問に答えることが、ウィザルがこの部屋へと訪れた理由だった。

神の声は、望む結果以外は許さないと暗に告げていた。

しかしウィザルは落ち着いて、舞菜たちからの勝利を報告する。

「はい、もちろんでございます。カーフラ様のお知恵を使い、ひとりの勇者を犠牲に魔女を消し去ったとのことです」

「そうか！　それはなによりの報告だ！　あの舞菜とかいう小娘に、我が自ら知恵を貸してやったのだから、当然といえば当然の結果だろうがな」

それもこれも、カーフラの思惑から外れ、逃げ出したギネヴィアを抹殺するためだ。

これまで、カーフラは数え切れぬほど刺客を送り、その全てをギネヴィアに退けられていた。

その失敗の原因を、カーフラは自身の介入がないからだと考え、使役しやすそうな舞菜を選び、事実を伝えたのだった。

「ふふ、目に見えて効果があったようだな。我の手を煩わせたのだから、成功してもらわねば困る。さて……これで我が抱えてきた積年の悩みが解決したというわけだ。ここまでどれほどの時間が掛かったか……」

カーフラはやれやれと力なく左右に首を振りながらも、目的の達成を喜んだ。

「そうだウィザル。貴様には感謝しなければな。なにか願いはあるか？　特別になんでも叶えてやろう」

「ありがとうございます。ですが、こうしてカーフラ様とお言葉を交わさせていただくことこそが唯一の幸福。これからもカーフラ様のご威光を賜れれば、それだけで満足でございます」

「はっ、なかなかに殊勝な心がけだな。いいだろう、ならば我はお主の友として、お主に助言を授け続けようではないか」

カーフラの言葉に、ウィザルは頭を地面へとつけるほど畏まった。

「くっくっくっ！　はーっはっはっはっ！」

カーフラは自身の手で創りあげた世界に平穏がもたらされたと、高らかな笑い声をあげた。

それが、偽りの勝利であることも知らずに。

第五章　癒しの女王

一話　報せ

「まったく、次から次にくだらない仕事を増やして……これじゃあ国の奴隷みたいじゃない」

愚痴をこぼしながらではあるが、舞菜は絶え間なく送られてくる書類や手紙に目を通していた。

そこに突然、ノックの音が響き渡る。

（こんな忙しいときに……）

舞菜は、ノックしてきた使用人に忙しさをアピールするため、それを無視した。

「舞菜様、緊急のご連絡です！」

いつもなら返事と許可を待つ使用人が、慌てた様子で部屋へと入ってきた。

「後にしてちょうだい。見てわからないの？　この書類の山を片付けないといけないし、このままじゃ次の予定に間に合わないわ。余計なことに時間を使っている余裕はないのよ」

舞菜は黙々と書類に目を通し、許可を出せるものに判を押していく。

だが、使用人はいつまで経っても出て行こうとしない。

それだけでなにか重要な事件が起きたことを悟り、舞菜は書類から視線を外した。

すると、申し訳なさそうにしながらも、焦りを募らせた使用人が目に入る。

「……なにがあったの？」

眉を顰めながら問いかけると、使用人は一旦深呼吸をして気持ちを落ち着かせる。その後に、改めて話を始めた。

「はい、反乱軍との戦闘が終了したそうです」

「ふぅん……それがどうかしたの？　確かに大きな戦いだったみたいだけど、勝ったのならそこまで慌てることもないでしょう？」

改めて報告を入れるほど、重要なことだとは舞菜には思えなかった。

「いえ、それが……非常に言い難いのですが、今回の戦いは我々が敗北しました」

使用人は気まずそうに、だがはっきりとそう言った。

その報告に、舞菜は我が耳を疑った。

「なんですって……!?　兵士たちはちゃんと作戦通りやったんでしょうね！　わたしの作戦がきっちり遂行されてるなら、どうってことないはずだったでしょう？」

それほどまでに、舞菜は自分が立てた作戦が完璧なものであると自負していた。

「はい……いえ、兵士たちはきちんと指示通り動いていたと報告があったのですが、途中でなにやらイレギュラーな事件が起こったらしく。そこからなし崩し的に部隊が瓦解していったと」

「イレギュラー？　どんなことが起こったっていうの？」

舞菜は役立たずな兵士たちに怒りを募らせ、身を震わせた。なんども指を、力任せに机へ叩きつける。

その乱暴な音が耳に届き、舞菜はさらに苛立った。

「事情を聞いた兵士が錯乱していたため、信憑性が薄いのですが……」

「構わないわ。教えなさい」

「はい。それが、見慣れぬ姿の男がひとり現れ、台風のように部隊を壊滅させていった……と」

「新しい反乱軍のメンバーか、それとも傭兵かしら。どっちにしても、ひとりの人間相手に壊滅なんて使えないわね……。正規軍なんて言っても、反乱軍と五十歩百歩のクズどもが――」

舞菜はそこまで一気にまくし立てると、言葉にブレーキを掛けて口元に手を置いた。

「ちょっと待ちなさい。そういう予想できない強さの敵を排除するために優香がいるんじゃないの？今回の戦いのためにわざわざ治療してあげたのに、肝心のところで仕事をしないいなんて……」

「舞菜様、本題はまさにそれでございます」

「それ……？　まさか、彼女が戦闘をボイコットでもした？　それなら、王国側が負けることも……いや、あの優香が戦闘に参加しないなんてありえないわね」

顎に手をやって考え込む舞菜に対し、使用人が言葉を続ける。

「これも先ほどの連絡で知れたことなのですが……戦闘が終了する少し前から、優香様の足取りが掴めなくなっているそうです。当初はいつも通り反乱軍の兵士を蹴散らしていたようなのですが」

「優香の足取りが？　だからなに？　優香は満足するか戦いたくなったらいつも勝手に戦場を離れるんでしょう？　……いや、それだとさっきの話と合わないわね。雑兵とはいえ数だけはいる王国軍を敗北させるほどの男、戦闘狂の優香が黙って見ている訳がないわ」

舞菜は事態を理解し始めると、段々と深刻な顔になってきた。

「これは私の予想なのですが、優香様は件の男に戦闘で敗北したのではないかと」

「ふぅん……。なるほどね、優香を倒したのが、こっちの部隊を壊滅していった噂の男かもしれないってことね。その可能性は非常に高いわ」

「はい」

「ただ、そうなるとその男は優香を倒した後に、数百人もの兵士を相手にして回ったたってこと？」

「信じられないことですが……」

それは、舞菜にとってとうてい受け入れられるものではなかった。

ヒーラーである自分はまだしも、近接戦闘を得意とする優香と戦って勝った直後に休むことなく王国軍を倒して回れる者がいるなんていう事実、とても信じることができない。

舞菜はひとしきり唸って頭を回転させると、力強く机を叩いて立ちあがった。

「出かける準備を。これ以降の予定を全部キャンセルして！　優香が消息を絶った場所に直接行く」

「で、ですが！」

「仮に、本当に優香を倒すほど強い敵がいるとしたら、国の危機よ。わたしにはこの国をよりよい方向へ持って行く義務があるわ。そんな危ない人物を野放しにしておくことなんてできないわ」

舞菜はそう言い放ち、使用人に簡単な荷造りをさせると、すぐに戦闘のあった地区へと赴いた。

戦闘が終了してすぐだからだろう、辺りには多くの兵士が転がっていた。

「ふぅん……ここが最後に優香が目撃された場所ね……」

特に変わった様子のない場所だった。

「まったく……この臭いどうにかならないのかしら……」

(凄惨な戦場だけど、それだけね。勇者が死ねば魔力が暴走して大規模な爆発がおこるはず。その形跡はないし、優香は生きているということ。でも、連絡を寄越さないのはおかしいわ)

この時点で優香の生存を確信した舞菜は、後で身柄を捜索するよう部下に命じるつもりだった。

しかし、ふと視線を下に向けたおりに見つけたものが、彼女へ衝撃を与える。

「ん？　これって……まさか!?」

急いでしゃがんで掴みあげたものは、この世界ではありえない精巧な作りをした腕時計だ。

それは、勇が優香との戦闘のおりに紛失してしまったものだった
記憶力のいい舞菜は、目に入った瞬間にこの腕時計が勇の持ちものだったことを思い出したのだ。

（……勇、まさか生きていただなんて！）

舞菜は、彼が最後までこの時計を身に着けていたことは知っている。

本来なら爆発で消失しているはずのものがここにあるということは、勇が生きている証拠だ。

いつも冷静な彼女の背中に嫌な汗が流れる。

（だとすると十中八九、わたしと優香への復讐が目的……それに）

舞菜は勇が生きていることで起きる最悪の可能性に考えついた。すなわち、魔女ギネヴィアが生存している可能性に、だ。

彼女は急ぎその場から離れ城へと戻ると、すぐに王のいる部屋へと駆け込んだ。

「ウィザル王！」

いきなりの来訪にウィザルは眉を顰める。

「どうしたマイナ。そんなに慌ててなんの用だ。おい誰か、マイナに水を一杯用意しろ」

「なんの用？　そんな呑気なことを言ってる場合じゃないわ！　いい？　落ち着いて聞きなさい」

「だから、一体なんだというのだ……。呑気？　私がいつ呑気な態度を取った？」

なぜ舞菜がここまで焦っているのかわからないウィザルは、呑気と言われて気分を害した。

だが、舞菜にはそれに構っているほど余裕がない。

「魔女ギネヴィアが生きているわ……」

その衝撃的な一言に、ウィザルは耳を疑った。

「……なんだと？」

ウィザルは舞菜の言葉が信じられず、聞き間違いであることを願って思わず聞き返していた。

二話　裏の会話

舞菜の一言で、場の空気が一気に重たいものへと変化した。

「魔女が……ギネヴィアが生きていると言ったのか？」

「ええ。どうやら殺しきれてなかったみたい」

ウィザルの顔から血の気が引いていく。真っ青を通り越し、土気色になった顔で舞菜へ視線を注ぐ。

「ま、魔女が生きているという証拠はあるのか？」

「証拠……というほど確たるものじゃないわ」

「焦らさずに話せ！　なぜ、魔女が生きてるという可能性が出てきた！」

拳を肘掛けに叩きつけて先を促すウィザルに、舞菜は少しは考えろ、と思いながらも先ほど確認した出来事を簡潔に説明する。

「勇が生きていたみたいなのよ」

「イサム？　イサムとは、あのイサムか？」

「ええ、その勇よ。優香が行方不明になっているのは知ってる？　最後に優香が戦闘をした場所に行ってきたんだけど、そこにこれが落ちてたわ。勇が持っていたものよ」

舞菜は手に入れた腕時計をウィザルの足下に投げた。

それをまじまじと見つめたウィザルの額に、汗が一筋垂れる。

「し、しかし本当にイサムが生きているというのか？　誰かが盗んだ可能性も……」

魔女が生きているという事実をどうにかして否定したいウィザルは、苦し紛れに可能性を探す。

「勇が死んだときの激しい爆発……。こんなに綺麗に残ってるわけがないわ。肉体が現存していればどんな状況からでも蘇生する魔女を倒すには、高威力の爆発で木っ端みじんにするしかないんでしょう？　なら、確実に魔女も生きているわ。はぁ……巻き込まれるのを防ぐために、しっかりした確認をしなかったのがここまで致命的なミスに繋がるなんて……わたしたちがあの場を去った後、大きな爆音がしていたから油断したわ」

舞菜は自らの過失を認めることで、ウィザルが抱くわずかな希望を潰した。

「ぐっ……。ま、待て……。少し考えさせろ」

ウィザルは瞳を四方八方に彷徨わせながら、思考を巡らせた。

カーフラにこの最悪の事態を知られないまま解決する方法がないか。魔女を殺せなかったと知った神の怒りを鎮めるにはどうしたらいいか。自分の地位を、または命をカーフラから守るには……。

「うっ、くっ……」

自身の保身へと考えが偏るあまり、柔軟な考えができなくなっていた。

「ウィザル王、わたしに少し考えがあるわ」

苦しそうに呻くことしかできないウィザルを見て、舞菜は国王の信頼を勝ち取り、王国の全てを手中にするための最大のチャンスが訪れたのだと察した。

「……考え？　なにをどうするというんだ」

藁にもすがる思いでウィザルは舞菜の次の言葉に耳を傾けた。

「決まっているでしょ？　ギネヴィア、もしくは勇と戦うのよ」

「た……戦う？　不死身の魔女と？　勇者としての力を持つイサムとか？」

無謀だと言わんばかりに、ウィザルは手を顔の前で振った。

「イサムだけならまだしも、ギネヴィアを倒すのは不可能だ。ユウカがいれば、まだわかるが……この状況では、きっとイサムに倒されてしまったのだろう？」

どうやら、行方不明の報は受けていたようだ。

だが、舞菜は心配無用とばかりに不敵な笑みを浮かべた。

「そうね。でも、どのみち勇は殺さないとでしょう？　だって、そうしないとギネヴィアは殺せないんだから。ギネヴィアを殺せなければ、カーフラはウィザル王に失望するんじゃないの？　適当なことを言う無能な部下なんて、わたしならすぐに切り捨てるわ」

「確かに……その通りだ。マ、マイナ、儂を助けてくれ！」

必死にすがりつくウィザルを見て、舞菜はこの王が自分の手中に収まったことを確信した。

舞菜はウィザルを安心させるように、彼の肩に手を置くと、優しく微笑んだ。

「ええ、もちろんそのつもりよ。でも、今のわたしの権限じゃどうしてもやれることに限界があるの……ウィザル王、わたしの言いたいこと、わかるわよね？」

「あ、ああ……わかった。お前に儂の全権限をやる。だから、どうにかギネヴィアを殺してくれ！」

このとき、ウィザルは内心で、いざというときに責任を押しつけられる相手ができたと喜んでいた。

もしギネヴィアの生存がカーフラに知られてしまっても、舞菜を矢面に立たせればいい。

もちろんこの浅はかな考えは舞菜にもお見通しだったが、彼女はその上で微笑む。

「なら、まずは作戦を立てるわね。王国の警備の一部を薄くするわ。ちゃんと、怪しまれないような理由もつけて。そうすれば、勇はノコノコわたしに復讐しに来るはずよ」

ウィザルは舞菜の作戦に耳を傾けながら、ただ頷き続ける。

「そこで迎撃をするわ。国中から人材を揃えて、わたしの回復魔法と合わせて不死身の軍隊を配備するの。いくら勇が勇者としての力をもっていようと、なんどでも立ちあがる軍を相手にすれば、いずれ体力も魔力も切らして倒れるはずよ。そうなったら、死なない程度にダメージを負わせて魔女のところへ案内させるの。確実に殺せるだろう距離まで近付いたら、勇を殺して魔力の暴走を起こせば……今度こそ魔女は死ぬわ」

「おぉ……そうだ、その通りだ。さすが私の右腕……」

「それじゃあわたしはこれから迎撃準備の手配にかかるわ。あなたたち、今の会話を聞いていたわよね？　これからわたしの指示に従ってもらうわ！」

その場に控え、場の流れを見守っていた人々が、舞菜の指示を受けて動き始める。

ひとしきりの指示を出し終えた舞菜は、急ぎ自室まで戻ると、控えている使用人に声を掛けた。

「ちょっといい？　わたしはこれから永羽に会ってくるわ。もしその間にわたしを尋ねてくる人たちがいたら、少し待ってるように言っておいて」

「え？　はい、わかりました」

なぜ廃人となっている永羽に会いに行くのか、という疑問を心の中に押し込めて使用人は返事をした。

「よろしくね」

舞菜はその返事を聞くと、すぐに城の地下にある幽閉牢へと向かった。

地下牢には王国に不利益をもたらす危険な力を持ちつつ、色々な事情で処分できない者たちが幽閉されている。

公にはされていないが、廃人となった永羽も、その中の一部屋に入れられていた。

以前のような勇者待遇ではなく、ただ最低限の世話で生かされ続けている永羽の姿はとても正視できるものではない。

白かった肌は汚れにまみれ、牢内には悪臭が漂っていた。

「久しぶりね、永羽。元気にしてた？　って、そんなわけないわよね」

永羽からはなんの反応もない。

当然、そうだろうことを予測していた舞菜は構わずに続けた。

「あなたの力が必要なのよ。ねえ、力を貸してくれるわよね？」

三話　四面楚歌

舞菜が勇を迎え撃つ準備を終えて三日ほどが経った。

城の大広間には、多くの兵士たちが集まっている。

互いに目配せをしながら、来るであろう襲撃者に備えて警戒を怠らない。

兵士たちは舞菜から、王国に仇なす魔女とその手下が襲ってくると聞かされていた。

下手をすれば多くの国民を巻き込み、王の信頼は地に落ちてしまう。

そうでなくとも、魔女に城を落とされたら世界は変わってしまう。今まで国を苦しめ続けてきた魔女が頂点に立つと想像するだけで、兵士たちの頭の中に最悪の未来が描かれる。

それだけは阻止しなければならないと、警備に当たる兵は一致団結していた。

さらに戦いの前に酒や料理が振る舞われており、全体の士気もいつになく高まっている。

兵士たちだけではなく、城下町の人々にも同じように食料が振る舞われ、王都は一種のお祭り状態になっていた。

もっとも、魔女の手下が勇者であることは伝えられていない。不都合な情報を隠蔽し、自分の都合のいい情報だけを流して民を操るのは独裁者の常套手段だ。

大広間の横に設置されている控え室から、祭りの中心で騒ぐ国民を見ながら舞菜はじっとそのときを待っていた。

（まったく、ちょっとだけ税を還元しただけでこの騒ぎよう……。この二日で国民の不満もかなり減ったようね。後は勇とギネヴィアを倒せれば目下の問題は解決だわ）

つまらなそうにため息を吐く。

（襲撃に備えないといけないとはいえ、この茶番を見続けなきゃなのはかなり苦痛ね）

舞菜の予想では、勇たちの襲撃は明日以降だ。まだ祭りが始まった直後は警備も多く、油断しにくい。だが、警備をしているのは人間だ。その警戒心は徐々に散漫になり、日が経つにつれて薄くなっていく。そして、最終日に近付くにつれて、薄くなった警戒心が再び強くなっていく。

舞菜なら、警戒心が薄くなり始めるだろう四日目以降の襲撃を計画する。そして、勇もそうするだろうと舞菜は考えていた。

それは短い間でも共闘し、背中を預けた相手に対するある種の信頼だった。

そんな舞菜の下に、警備に当たっていた兵士が慌てた様子でやってきた。

「マイナ様！」

「もっと落ち着いて来なさい。国民が貴方の態度を見てなにかあったのかと不安になったら困るわ」

「も、申し訳ありません！」

「それで、なにがあったの？」

「はい、侵入者がやってきたようです」

四人組の侵入者は、舞菜の作戦通り警備の薄い場所を通り、城の中へと入ってきた。

そのうちのひとりに勇の姿を認めたらしい。

「もう少しは、知恵が回るものだと思っていたけど……」

それは勇に対する、舞菜の信頼が裏切られた瞬間だった。

† † †

「皆、準備はいいか？」

その問いかけに、ギネヴィア、レノール、優香の視線が勇へと集まった。三人の瞳は、やる気に満ち溢れている。

「優香とレノール、最後にもう一度確認するが俺を生贄にすると決めたのは舞菜だったんだな？」

「そうね。あたしが彼女から作戦を聴かされたときには、もう勇を生贄にすると決まってたから」

「私が国王から聞いた段階では、勇者ひとりを犠牲にする作戦とまでしか決まっていませんでした。国王がマイナさんへ秘密を明かしたときに、犠牲にする相手を決めたのでしょう。あの保身が第一の国王が、自分で重要な決定をするとは思えないので、マイナさんが決めたに違いありません」

ふたりの言葉を聞き、勇が今一度深く頷く。

「よし、俺が復讐すべき相手は舞菜に違いないな。その背後には国王とカーフラがいるが、それは舞菜を倒した後の話だ。俺を殺すと決めたやつには、相応の報いを受けてもらう」

勇は復讐に目を輝かせながらも冷静な口調を崩さずに語る。

その後、カァムから伝えられた情報を元に作戦を立てると三人にそれを教え、王国内に侵入した。以前のように単独での潜入とは異なり、かなり骨を折る苦労を経ての潜入だ。

勇は地図を取り出し、三人に見えるように一点に指を指した。

「今いる場所がここで」

――すっと指をスライドさせ、

「侵入予定の城の裏口がここ。前にも言ったが、カァムの情報ではここにはほとんど警備がつけられていない。察するに、おそらく罠だ。だけど、俺たちはあえてここから侵入する。かなり危険な行動になるが、問題ないな？」

「もちろんよ」「主について行きます」「まかせてよ」

三者三様の言葉が返ってくる。

「じゃあ、一気に行くぞ」

勇は身振りで指示を出すと、侵入経路へ向かって歩き出した。

目的の裏口の手前で一度立ち止まり、勇は周囲を窺う。

警備がひとり立っているのが見える。だが、それだけだ。他に誰かいるような気配はない。

「皆、ちょっと待ってろ、俺が行ってくる」

勇は無防備に警備兵へと近付いていく。そして目の前に立つと、その手に魔法で剣を作り出した。

そして、警備兵がそれを認識するよりも速く剣を振るう。そのまま、剣によって動きを封じた警備兵の頭を殴って気絶させた。

「いいぞ」

勇たちは裏口からの侵入を果たす。

そのあとは早かった。勇は斬りつけた相手を動けなくする剣で、鉢合わせする兵士たちを片っ端から斬りつけ、無力化していく。

そして、ほどなく大広間へと到達した。

「待ってたわよ」

そこでは舞菜の声と、数百人の屈強な戦士が勇たちを迎え入れた。

「久しぶりね、勇。元気そうでなによりだわ」

「ああ久しぶりだな、舞菜。あのときは世話になったな」

舞菜の皮肉に、勇も皮肉で返す。ふたりの視線が交わると、空間に震えるような緊迫感が生まれた。

「どういたしまして。でも、ちゃんと死んでくれなかったから後処理が面倒よ。魔女が生きているって知ったウィザルの反応、あなたにも見せてあげたかったわ」

「そんな気遣いは無用だよ舞菜。これからお前の無様な姿を見て復讐心を満たすつもりだからな。聞けば俺を生贄にするって作戦は、お前が発端だったみたいじゃないか。お前への恨みは一番深いぞ。速攻で勝負がついたらつまらない。たっぷり屈辱を与えて、その上でトドメを刺してやる！」

そう言う勇の目には、激しい復讐の炎が宿っていた。

「ふん、ずいぶん威勢のいいことを言うのね……あら？」

眼中になかったのか、あえて無視していたのか、舞菜はそこでようやく勇の後ろに控える三人の女性を見た。

「ギネヴィアがついてくることは予想していたけど……レノールに優香までいるのね。死んでいるならともかく、寝返るなんていい度胸してるわ」

予想していなかった訳ではなかったが、舞菜にとってそれは最悪の展開といえた。だが、動揺は見せない。もちろん、勝利を確信しているためだ。

ただ、なぜ王国に忠誠を誓っていたレノールと、戦うことにしか興味がない優香が、勇とギネヴィアに協力的なのかということだけが、舞菜の思考の端に引っかかった。

「レノール、あなたが王国を裏切るなんて思っていなかったわ。どんな心境の変化があったの？」

「心境の変化……。マイナさん、王国の現状はどうかしていると思いませんか？　腐敗した政治に、役に立たない王。民はどんどん疲弊していっています。もうこの国は長くないと嘆いていた私に、イサム様は声をかけてくださったのです。そして私は、イサム様の優しい言葉に感動し、イサム様の女になると決めたのです」

レノールは冷たく答え、それ以上言うことはないと口を噤《つぐ》んだ。

彼女の言葉は勇に言わされたものではなく、彼女自身の心から出たもの。

王国に絶対的な忠誠を誓っていたレノールとて、なにも不満を持っていなかったわけではないのだ。

勇の能力で忠誠心を向ける先が交換されたことで、王国への負の感情が表に出てきたらしい。

(嘘を言っているようには見えない……。ギネヴィアの魔法かしら。ただ、それだとギネヴィアじゃなくて勇に心酔している理由が薄いかしら)

舞菜はため息を吐くと、腰に手を当てて呆れたように呟いた。

「くだらないわね、なにが勇の女になると決めたよ。いつからそんな色狂いになったの？　……もしかして、優香もレノールと同じ口ってわけ？」

「違うわよ？　あたしはただ勇の役に立ちたくて、勇のためだけに戦うって決めた、それだけよ」

(……これも、ストレス発散のために暴れていた優香とは思えない発言ね)

淀みなく言葉を紡いだ優香を見て、舞菜は勇へと視線を移す。

勇は薄く笑みを浮かべていた。その表情は明らかに舞菜を挑発するようなものだった。

その顔を見て、舞菜はふたりの心変わりが、ギネヴィアではなく勇によるものだと確信する。

(……勇がなにかしてるのは間違いなさそうね。新しい魔法かなにかを使えるようになったって考えるのが相応かしら。洗脳ではない、なにか完全に認識を変更させる魔法とかが妥当でしょうね。なら、問題ないわ)

舞菜は目の前の四人に気が付かれないよう魔法を使い、控えている兵士に精神異常への耐性を付与させた。回復魔法が彼女の勇者としての本分だが、勤勉な舞菜は修行の最中にいくつもの魔法を習得していた。これもその一つだ。

(これで仲間割れは起きない)

舞菜は四人の、特に勇の隙を窺って攻撃のタイミングを測る。

「下手な詮索は十分か、舞菜。そうやって時間を稼いでも、お前が俺たちに勝てる可能性はないぞ」

「へえ、結構な自信ね。こっちに連れてこられた五人の中で唯一平凡で、特徴のなかったあなたが、吠えるようになったわね。その戯言ごと屠ってあげるわ。行きなさい！」

戦いの準備を整えた舞菜は、腕を振りあげた。

それを合図に、待機していたうちの、百人ほどの集団が四人に向かって襲いかかった。

四話　復讐の刃

前方から襲いかかる敵に、勇が一歩前へ出る。

「俺が行く。お前たちは手を出すなよ。この手で決着をつけなければ気持ちが治まらないからな」

控える三人にそう言うと、勇は冷静にルーン・ソードを抜いた。勇の身体能力が限界まで引きあげられる。もう片方の手には、敵の動きを封じる魔法の剣を握る。

勇は二本の剣を振るって、襲い来る兵士たちに斬りかかる。対多数戦を想定した二刀流だ。

第一波をやり過ごした勇は、舞菜へと向かって走り出す。

「勇ひとりか……。ま、そうなるわよね」

ギネヴィアも同時に戦いに巻き込みたかった舞菜だが、高望みはすまいと、まずは勇ひとりに専念する。

もちろん、無理をすればその場にいる全ての人間を巻き込んで戦闘を行うこともできなくはなかったが、舞菜はそれは最終手段へと残すことに決めた。

舞菜は待機する余剰の兵へ、勇の突進を阻止するように指示を出す。その指示に従い、兵士たちは勇へと向かっていく。

その数、十数人。ひとりの人間に対しては過剰ともいえる数だが、一時期は仲間として戦っていた舞菜は彼の力をよく知っている。油断も容赦もない。

勇は向かってくる敵を容赦なくルーン・ソードで斬りつけていく。剣の力により身体能力が強化されている勇にとっては、これくらい障害物にもならなかった。

真っ正面から向かってくる重装備な戦士の攻撃を躱し、鎧の隙間を縫ってルーン・ソードの刃を滑り込ませる。腕の関節を斬りつけられたその戦士は武器を取り落とし、苦悶の声をあげる。

真横から来る兵士を一旦無視して、勇は背後から迫る傭兵の頭に、回し蹴りをたたき込む。そして、近くまで迫ってきていた兵士を袈裟切りにした。

瞬く間に三人を無力化すると、勇はルーン・ソード水平に振るい、横から迫る兵士たちを切り捨てる。

「っ!?　勇の動き、前より良くなってる……パワーアップしたってことね」

その強さを目の当たりにした舞菜の手駒は、不用意な突撃を中止した。

代わりに、勇の四方を囲んで動きに制限を掛ける。

「いい判断だな……。だがその程度の人数じゃ俺は止められないぞ！」

自らを包囲している彼らに向かって、勇は容赦なく飛び込んでいった。一足で真正面にいた王国兵の前へと迫り、ルーン・ソードを振り下ろす。

あまりの速さに驚き、固まる敵を、勇は容赦なく倒していった。

そして、一瞬で向かってきた十数人を地に伏せさせる。

「止まったら攻めの手がなくなるわ。どんなに怖くても攻め続けなさい。そうすればあいつの攻撃の手も止まるはずよ」

そうなることがわかっていた舞菜は、先ほどの倍以上の戦力をぶつけてくる。

さらに倒された兵士たちも回復させ、前後から挟み撃ちを仕掛けた。

「チッ……さすがに数が多いな」

斬っても斬っても際限なく攻撃が飛んでくる状況に、さすがの勇も受けに回らざるをえなくなる。

間断なく入る攻撃を時には防ぎ、時には交わしていく。だが、あまりにも攻撃の手数が多すぎた。

一瞬判断を迷うと、それだけで回避や防御の動きに遅れが生じ始める。

そして、その遅れは次第に大きな隙へと繋がり――。

「くっ！」

勇の腕が、兵士の剣によって斬りつけられた。勇はやむなく左目の力を解放し、腕の傷をその斬りつけた兵士へ押しつける。

だが、一度攻撃が当たったことで、兵士たちの士気は見違えるほど上昇した。

流れるような連携で攻撃が繰り出されはじめた。

（キリがないな……！）

勇がそう思うのと同時に、傭兵の短剣が勇の腹へと突き刺さった。

「ぐっ！」

痛みで勇の動きが鈍る。

「イサム様！」

その姿を見てレノールが飛び出そうとしたが、彼が片手をあげて止めた。

「手を出すなと言っただろう！　これは俺の復讐だ！」

「ふん、虚勢を張っても無駄よ。このまま物量で押しつぶしてあげるわ！」

あくまで自分ひとりで戦うという勇に対し、舞菜は容赦なく兵士を攻めさせる。

合計百人以上の兵士が怒涛の勢いで襲い掛かったが、勇は目を爛々と輝かせ迎え撃つ。

「いいぜ、来いよ。百人だろうが千人だろうが切り捨ててやる。今の俺にはその力がある！」

彼は左目の能力を使い健全な兵士と自分の肉体の状況を入れ替えると、両手の剣を振るう。

四方八方から迫る剣や槍にいくつもの傷を作っていくが、その度に左目で傷の状況を敵の兵士と入れ替え、健全な肉体に戻ると再び敵を切り倒していった。

「なっ、いつの間に回復魔法を習得したの!?　いや、違う。こんなに瞬間的な回復はわたしでも不可能よ。いったいなにがどうなっているの？」

傍から見れば、今の勇は傷を負う度に瞬く間に回復する不死身の兵士に見えた。

回復魔法を得意とする舞菜でさえ、その回復速度に驚愕するほどに。

それから数分もしないうちに、健全な兵士は全て斬り倒されるか勇の傷を交換されるかで地に伏し、舞菜の支配下にあったすべての兵士が行動不能になってしまう。

「……よし、これで全部か」

常人では考えられないスピードで数百人の兵士を相手取ったにもかかわらず、勇の息はまったく切れていない。

「本当に役に立たないやつらね……」

勇の前には、すでに舞菜しか立っていない。明らかにここから形勢を逆転するのは至難と言えた。

「大人しく降伏するってのはどうだ？」

「あなた、わたしを恨んでいるんでしょ？　そんな相手に降伏するなんて、馬鹿げてるわ。殺されるか、それ以上の辱めを受けるだけ。そんなの話を聞くだけ無駄よ」

「なら、大人しく殺されるしかないな」

舞菜は勇の言葉を聞いて、くつくつと笑い出した。

「もう勝ったつもりでいるの？　そんな甘い考えを持ってるから、裏切られるのよ」

舞菜はじろりと勇を睨みつけた。

その瞳は諦めに染まってはいなかった。まだ現状を打破できる方法があると、光り輝いている。

「あなたの不思議な能力をもうちょっと分析したい気持ちもあるけど、そうも言っていられなくなったわ。ここからはわたしも——いえ、わたしたちも本気で行かせてもらうわよ」

いつの間にそこに置いていたのか、一メートル四方の大きめの台を力強く踏みつけ指を弾いた。

その瞬間、舞菜の指先から魔力が弾けて、雪のように大広間に降り注いだ。

キラキラと輝くその粒子を浴びた兵士たちが、むくりと立ちあがる。

先ほどまでひとりひとりを治癒するのに必死だったとは思えないほど一瞬で、ゼロだった舞菜の戦力が戦闘前の状態へと戻った。

「さあ、続きを始めましょうか」

中央にいる勇に向かって、それまで倒してきた兵たちが再び襲いかかった。

五話　無限の戦力

「ちっ！」

予想以上の規模で兵士たちが復活し、勇の視線が舞菜から外れる。

舞菜はそれを見逃さず、すかさず足下の台と共に後方へと下がった。

「惜しかったわね。もう少しでわたしを倒すことができたのに。また一からやりなおしよ」

舞菜は勇との間に数十にも及ぶ兵を配置し、壁を作った。

勇はその壁を破るためにルーン・ソードと魔法で生製した剣を振るった。二つの魔剣が兵士たちを薙いでいく。片方は敵に致命傷を与え、もう片方は敵の動きを縛った。

だが、それもすぐに舞菜の力によって回復してしまう。

勇は立ちふさがる兵士たちを無視して進もうとする。しかし、回復した兵士が立ちあがり、行かせまいと身体を張って勇の侵攻を阻止する。

それを対処するための行動は、勇に余分な動作を強要した。もちろん、その間にも舞菜の指示を受けた兵が勇へと迫る。

いくつかの攻撃を食らい、勇は傷を交換の能力で相手に押しつける。

だが、目の前の兵士に押しつけたはずの傷が即座に回復してしまった。

（全自動の広範囲回復と状態異常解除か？　敵味方を識別してこれだけの範囲に回復魔法を使用す

るなんて、人間業じゃないぞ……。だが、大規模な魔法は魔力の消費も大きいはず……なら、このまま持久戦に持ち込めば、舞菜は魔力を切らして終わりだ)

勇はできるだけ被害を大きくし、消耗を早めるために走り回った。数十分間、拮抗した戦いが続く。

その均衡が崩れ始めたのは、勇が動き回るようになってから一時間ほど経ってからだった。

(おかしい……)

息があがり始めた勇に対して、舞菜の表情に疲弊の色はない。勇が敵を斬り伏せた回数はすでにその場にいる兵士たちの十倍に達しようとしている。それら全てを回復させている舞菜に、体力的疲労はともかく精神的疲労くらいは訪れてもいいように思えた。

だが——。

「あはは、そろそろ限界かしら？　無能な勇にしてはよく頑張ったほうじゃない？」

舞菜は余裕そうに勇を蔑んでいる。

(どんなカラクリがあるんだ？)

舞菜の魔力切れが起きない理由を突き止めない限り、正攻法では勝てない。

左目の能力で舞菜を操るのは、どうしようもなくなったときの最終手段だ。

そのままの舞菜を屈服させ、屈辱を与えなければ勇の復讐心は満たされない。

(なにか……なにかないか？)

無制限に立ちあがってくる兵士たちを相手にしながら、勇はできるだけ舞菜を観察し続けた。

「あ……」

そして、ある可能性に目がとまる。

「あの台、なんだ？」

舞菜が足を乗せている踏み台だ。かなり大きさがあるその台に、舞菜は常に足を乗せている。命がけの戦いの最中において、不要なものを持ち込むなど舞菜にしてはおかしい。

（そういえばさっきも、あれだけは持って後退していたな）

ただの台であるなら、そんなことをする理由などない。勇はその台に、なにか秘密があると目星を付ける。

（問題は、舞菜までどう近付くか。交換の能力で無理矢理行くこともできるが……）

うかつに近付いて、舞菜がなにか罠を張っていたら面倒なことになる。だが、飛び込まなければどうすることもできない。

（なら！）

勇はできるだけ舞菜に近い兵士を視界に収めると、左目の能力を発動させる。

一瞬にしてその兵士と勇の位置が交換され、ルーン・ソードの射程距離まで接近する。

「ふぅん、そういうこともできる能力なの」

だが、舞菜はその不意打ちを予想していたのか手近にいる兵士を掴み寄せ盾にする。ルーン・ソードの刃はその盾に防がれる。負傷した兵士を勇に押しつけて、舞菜は再び距離を取った。

「ふふ、残念。ちょっとびっくりしたけどね。そう簡単にはやられないわ。それに、コレに気が付くのがちょっと遅かったわね」

「やっぱりその中に、魔力切れを防止するなにかがあるってわけか」

「正解。ご褒美に種明かしくらいはしてあげるわ」

「そんな簡単に教えてもいいのか？　お前の生命線だろ？」

「残念ながら、わたしはそれくらいでやられるような雑魚じゃないのよ」

舞菜はそう言うと足蹴にしていた台を蹴っ飛ばした。どういう仕掛けになっているのか、それによってその台の天板が勢いよく開く。

舞菜は台の中に手を入れると、全身から力が抜けたようにダラッとした様子の永羽を取り出した。

「おい、まさか……」

それを見て、勇は信じられないと目を見開いた。

「そう、そのまさか、よ」

舞菜は、虚ろな目であらぬ方向を見ている永羽の首を掴んで持ちあげていた。

「この戦いが始まってからずっと、わたしはこの子から魔力供給をしてもらって戦ってきたってわけ。意思もないから、こんな道具みたいに扱われても文句一つ言わないし、とっても助かるわ」

「お前……！」

一緒に異世界へ飛ばされてきた永羽をまるで道具のように扱う舞菜に、勇は怒りを露にする。

勇はもう一度左目を使って舞菜との距離を詰め、最速でルーン・ソードを横薙ぎに振るった。

しかし、その攻撃も生きた盾によって防がれる。

「一度見せた攻撃で不意なんてつけないわよ。それとも、そんなこともわからなくなるほど頭に血が上ったの？」

なりふり構わず舞菜へと向かっていく勇だが、まったく舞菜へ近付くことができない。

「なら――ぐっ」

勇は舞菜の近くにいる兵士を見て、左目の能力を起動しようとした。だが、能力が発動する直前に頭が割れるような頭痛に苛まれた。

「ちっ……」

勇は左目を押さえた。これまで、戦闘の最中に出ることのなかった左目の副作用、その症状が出始めたためだ。

(頭痛か……。能力を乱用しすぎたか？　今はまだ軽いものだが、酷くなると戦えないな)

勇は不調を気取られないように誤魔化した。

(しかし……よりによってこのタイミングか。無理して使うって選択肢もあるが……)

〝下手な使い方をすれば、全身から血を流して死んでしまうこともあるわ〟というギネヴィアの忠告を思い出す。

(ギネヴィアとの約束もあるし、こんなところじゃまだ死ねないな。俺ひとりで復讐を完遂できなかったのは残念だが……。それに、こういうときのためにあいつらを仲間に引き入れたんだしな)

一旦左目の能力を封印し、ここぞという場面に備えることにした。

「優香！」

勇の叫びに、それまで待機していた優香が飛び出した。

風のように兵の合間を縫い、優香は勇の下へと駆けつける。

(魔女の護衛は残したのね。こっちの狙いはわかりやすいから、そこに関しては抜け目なしか)

舞菜はすかさず、魔女を襲わせるために待機させていた戦力を優香の対処に回す。

「優香が出てきても、あまり変わらないわよ？」

「それはどうかな？」

優香は全身にフルスロットルで魔力を流し込み、一気に勇と戦ったときの状態まで身体を持って行く。そして、前方へと爆ぜるように飛び出した。

前方に固まっていた兵たちが吹き飛び、優香は舞菜の懐まで接近する。

舞菜に兵士たちを復活させる時間も与えない、圧倒的な速さだった。

「いつも偉そうな言葉を垂れ流しているその口、前から一発殴ってみたかったのよね！」

優香は獰猛な笑みを浮かべたまま、彼女に渾身の拳を炸裂させる。

「まったく、あなたはいつも雑なのよね……」

だが、その拳は舞菜が身体を反らしたことであらぬ方向に向かった。大振りの一撃を躱された優香はバランスを崩す。

「これくらい――ッ!?」

舞菜は態勢を立て直そうとする優香の足元を蹴った。完全に空中に浮いた優香の無防備な背中に、舞菜が肘を打ち下ろす。

「待ってたぞ……このタイミングを！」

その瞬間、勇は優香と自身の位置を交換した。

準備していた勇は舞菜の肘を避け、即座に魔法の剣を作り出し、カウンターの一撃を振るった。

だが――。

「甘いわね……」

嘲笑うような舞菜の声が、勇の耳へとへばりついた。

舞菜の指示によって隠れるようにして近付いていたふたりの兵が、勇の両腕を取り押さえる。

咄嗟の判断が追いつかず、勇は交換の能力を使用できなかった。

舞菜は次の行動に移ろうとする勇の頬へ、平手打ちをお見舞いした。

両腕を固められた勇は、そのダメージを殺せずに視界が揺らぐ。間髪入れずに、次は舞菜の肘が勇の顎を打つ。壊れたテレビのように、勇の視界が様々な色で埋め尽くされる。

勇は膝をつき、そして床へと倒れた。

「あのねえ、たしかにわたしは回復が専門だけど、まったく攻撃手段がないわけじゃないのよ？　女の子なんだから、自衛手段くらい持ってて当然でしょう？　——おっと」

優香の接近に、舞菜は勇から飛び退いた。

「勇、大丈夫!?」

優香は拘束していたふたりの兵士を殴り飛ばすと勇を抱きかかえ、一歩引く。

「くっ……つぅ。悪いな、優香。ちょっと油断した」

勇は受けたダメージを、付近にいる敵兵に押しつけると、よろよろと立ちあがる。

「ちょっと？　その状態でよく言えるわね。だけど、やっぱり優香は厄介ね。腐っても戦闘特化か……これだけじゃ捌き切るのは難しいかも」

難しい、と言いながら舞菜はまだまだ余裕の表情を見せている。

それもそのはずだ。この短くない戦闘の中で、舞菜の戦力は少しも削れていない。

その圧倒的な戦力は、勇の目からはまさに無限にも見えた。

六話　塞がれた視界

舞菜はおもむろに腕をあげて、兵士たちに指示を出した。

兵士たちは一斉に配置を変更し、等間隔に並ぶ。

「あまり優香にちょろちょろ動かれたら無駄に能力を使わなくちゃいけないから、少し対策させてもらうわよ」

その配置は、優香の高速移動を阻害して戦闘を強制し、兵士の同士討ちによる被害が少なくなるようになっている。

「これじゃあ、上手く踏み込めない……」

勇と優香が足を止めると、近くの兵士たちが剣を振るう。優香がその兵士の腹に痛打をたたき込む。しかし、舞菜の回復によって、その兵士は倒れることなく踏みとどまった。

優香はただの兵士を一撃で沈められなかった屈辱を感じながら、もう一度拳を叩きつける。

さすがにバランスを崩した兵士は、その場に倒れ込むが、すぐに立ちあがり、襲いかかってくる。

勇のほうも、まったく同じような展開だ。

先ほどのような大人数で襲いかかる戦いではなくなったが、そのかわり常に一対一か一対二を強制される。それは勇にとってはありがたくない展開だ。

永羽からほとんど無限に魔力が供給される舞菜を相手取って持久戦を強いられては、いくら交換の能力を持っていても勝ち目が薄い。

「まるでゾンビだな……」

「このままじゃ保たない……どうにかして逃げるくらいはできない？」

「逃げることは簡単だな。ただ、手のうちを晒しただけで逃げ帰ったら、次に奇襲をかけたとしても分が悪くなるだけだ」

「なら、攻めるしかないわね」

優香が首を狙って振りあげられた剣を掴み、たたき折る。そして、剣を振るった兵士の顎に拳を当てて脳を揺すりながら言った。

「そうしたいんだが、舞菜の回復とこの陣形は俺たち対策としては完璧だ。かといって、ギネヴィアは出せない。あっちの目的の一つみたいだしな。せめて舞菜の回復さえどうにかなれば……」

舞菜は勇と優香の戦闘を注視している。

「あれじゃあどんな奇襲を行っても対処されるな。……ん？」

舞菜の隙を窺っていた勇は、優香が敵を倒した瞬間に舞菜の身体がぼんやりと光るのを目撃した。

立て続けに襲ってくる兵士を、今度はルーン・ソードで斬りつける。

（また光った。……これはどうだ？）

勇はしばらく使っていなかった、動きを封じる剣で目前に迫る敵を斬りつける。

今度は少しだけタイミングが遅れて、やはり発光する。

（まさか！）

勇は優香の胴に腕を回すと、その場から一度退避する。

「ちょっと！　いきなりなにするのよ！」

顔を真っ赤にしながら怒鳴る優香を無視して、勇は話し始める。

「優香、俺は舞菜のところまで行く。まずは道を空けてくれ、そのあとはそこらの雑魚が邪魔しないようにサポートだ」

「さっきみたいに、近くの兵士と交換すればいいんじゃない？」

優香のもっともな意見に、勇は首を振った。

「同じ戦法が舞菜に通じるとは思えない。位置を交換しても、舞菜の反撃にあうだけだろうな。だったら、小細工なしで接近できる状況を作るしかない」

「そういうことね。理由があるならなにも文句はないけど。……舞菜のところまでたどり着いてからの勝算はあるの？」

「ああ。俺が合図を送ったら、舞菜の手駒を片っ端から倒して回れ」

先ほどからほとんど同じようなことをしていて無意味な行動だと実感しながらも、優香は頷いた。

「……わかったわ」

指示通り、まずは舞菜までの距離を詰めるため、優香は足を屈伸させて魔力を溜めた。

一瞬でも、勇に道を作るために。

限界まで力を溜めた優香はその力を解放させる。

後先を考えない足の膂力によって、床が砕ける。十数人の兵士が突進してきた優香になぎ倒された。だが、兵士たちの被害はそれだけだ。優香の身体が兵士にぶつかる度に勢いは削られ、さらに兵士たちが優香の身体を掴んで動きを阻害する。

優香の突撃は十分な威力を発揮することができず、舞菜が悠然と佇む位置から、半分程までしか進めない。

だが、勇にはそれで十分だった。

直線上にいた兵士たちのほとんどが優香の突撃に追いやられ、道が開けている。勇はその隙間を駆け、舞菜との距離を詰める。さらに、勇は魔力で満たされた優香の身体能力を自身のものと交換し優香と同様に床を壊すほどの力で跳躍した。

「チッ！」

優香と同じように兵士たちを巻き込み、勢いを殺されながらも舞菜へと迫った。

先ほど以上に強引な接近に、舞菜はそれでも慌てずに後退しようと足に力を込めた瞬間、

「え……？」

驚きの声をあげて固まった。

目の前に狼狽する自分の姿があったからだ。

その視点は、直前まで彼女に迫っていた勇の視界だった。彼は自分と舞菜の視覚情報を交換したのだ。勇の能力の詳細を知らない舞菜は、突然のことに驚き咄嗟の判断ができていない。

一方で勇は、目を開き続ける舞菜の視界を最大限に活用していた。

舞菜の目から覗く世界は、普通の人間のものとは少し違っていた。彼女の身体を中心に、細い糸のようなものが舞菜の操る兵士たちへと繋がり、キラキラと輝いている。

（なるほど、この魔力の糸を通じて回復を行っていたのか。どおりで味方にだけ、正確に回復魔法をかけた上で、あれだけ余裕の表情でいられた訳だ）

最小の労力で最大限、かつ最速に効果を発揮させる工夫だろう。これならば誤って勇を回復させることもない。頭の回る舞菜らしい合理的な仕掛けだった。

勇はそこで能力を使って、その糸の接続先を優香と勇自身、そして遠くで待機するレノールとギネヴィアのみへと交換する。他人の魔法に干渉するのはかなり難しいが、勇の能力は問答無用だ。

「優香！　今だ、敵を残らず蹴散らせ！」

勇の叫び声を聞いて、優香は手近にいる敵を吹き飛ばした。即座に回復できると余裕を見せていた兵士たちは、倒れたまま動かなくなった仲間を見て青くなる。

「回復しない？　……これなら！」

それならばと、優香はここぞとばかりに暴れ始めた。

一瞬にして陣形を破壊し尽くし、舞菜の用意した兵を倒していく。

「勇！　わたしになにをしたの!?　この悲鳴はなに!?　なにがおこってるのよ！」

混乱のまま叫ぶ舞菜を無視して、勇は視界を奪ったまま自身の身体を動かして、舞菜の身体へ魔法で作り出した剣を突き刺した。

「ぐっ！　か……からだが……」

「ふぅ……」

交換した視界を元に戻し、舞菜が緊縛を解除しないように残存魔力を近くの兵士と交換する。

勇者級の魔力を押しつけられた兵士は、大量の魔力が流れ込んだことによる過負荷によって、心不全を起こして絶命した。

舞菜は何度も状態異常回復をかけているようだが、魔力が足らずに空打ちに終わっている。

「なんで……なんで動けないままなの!?」

「詰みだな舞菜。見下される気分はどうだ？」

解放された視界で辺りを見れば、そこには倒れ伏す兵たちが見えた。回復魔法も届いていないようで、誰も起きあがる気配がない。

悔しさのあまり、舞菜はできる限り凶悪な表情を作って勇を睨みつけた。

「ち……近付かないでよ！　あんたなんか、なんの特徴も地位も名声もないモブのくせに！」

舞菜は思いつく限りの悪罵を勇へと投げつける。

しかし舞菜の汚い言葉を聞いても、勇はまったく動じなかった。

それどころか、必死に強がる舞菜を見て笑みを浮かべる。

「いい顔だな舞菜。ああ、最高の気分だ！　その顔が見たかったから正面から戦ってやったんだよ」

「な……なによその顔は……わたしは、わたしは」

敗北を悟った舞菜の目に、徐々に涙が溜まっていった。

七話　悦楽に堕ちる

「さてと……落ち着いたところで舞菜、お前にやっておかないといけないことがある」

「なによ、無抵抗なわたしに、まだなにかするつもり？」

勇は涙を溜めて、それでも強がる舞菜に視点を合わせた。

「ああ、ちょっとな」

舞菜を完全に服従させなければ、彼は復讐を終えることができない。

「そういえば、さっき俺の目を気にしていたよな。もう察してるだろうが、この左目には特殊な能力が備わっているんだ」

「やっと教える気になったの？　もうちょっと早くその気になってくれてれば、真逆の結果を見せられたのにね」

皮肉を言ってなんとか精神を保とうとする舞菜に構わず、勇は言葉を続けた。

「この目で見たものを、なんであろうと交換する能力だ。物の位置はもちろん、肉体の状態まで。少しは頭の回る舞菜のことだ、これだけ言えば十分か？」

勇が察したとおり、舞菜はそれだけで勇の左目がとんでもない汎用性を持った強力な能力であることに気が付いていた。

「今それを説明するっていうのは、とんでもなく悪趣味ね」

そして、それを説明する意味もだ。

「俺の元々の目はお前たちに潰されたからな。その恨みをたっぷり味わってもらう」

勇は交換の能力を使って舞菜の意思を、勇に逆らえないようなものに交換するつもりでいた。

「ちょこまか変なことばかりしてくる、ウジ虫みたいな能力だと思っていたけど、そんな卑怯な能力だなんてね……」

「どう言ってくれても構わないぞ。どうせその気持ちも、俺の能力で消え去るんだからな」

「そうかしら？　確かにその能力はとても強力だけど、交換する対象がなければ無意味なのも確かでしょ？　わたしの中に、あなたへの好感度があがるようなものがあるかしら？」

「もちろんある。色々やりようはあるが、無駄な手間を掛ける意味もないから、一番簡潔な方法で済まそうと思ってる。なあ舞菜……お前は自分のこと好きだよな。優秀な自分の力を生かしたくて、この世界に残ったくらいなんだから。優香から話は聞いてるぞ」

勇は舞菜の心のうちに切り込むように、その言葉を口にした。

「そ、そうよ。この国の王が愚かなのはあなたもわかっているでしょう？　代わりに優秀なわたしが不幸な市民たちを導いてあげるのよ。だって、そのほうが絶対にいいはずだわ！　あなたを生贄にしたのは悪かったわ。でも、あの愚王を蹴落とすには必要なことだったのよ！」

自分の心がいじくりまわされるかもしれない危機に、流石の舞菜も表情を引きつらせる。

そして、勇に復讐を思いとどまらせようと自分の正当性を主張し始めた。

「ふん、傲慢だな。まあ、舞菜に能力があるのは事実だし、あの無能な国王よりマシな政治をするかもしれない。でも、お前のような自己中心的な人間に統治される市民は不幸に変わりない……。

そう、例えば舞菜が自分のことを大嫌いになったらどうだろう？　その優秀な能力を他人のために無私で使えるようになるんじゃないか？」

「っ!?　ふ、ふざけないで！　そんな、そんなこと許されないわ！　わたしの能力がそんなことのために……やめてっ、わたしを見ないで！　止めなさい！」

視界を塞ごうと伸ばした手を掴み、勇は左目を見せつけるように舞菜へ顔を寄せる。

「声が震えてるぞ？」

「ひっ！　や……やめっ、たすけ――」

舞菜の言葉が終わるよりも前に、勇は左目の能力を起動させた。

舞菜の、自身が一番だという感情の対象を、勇へと変更する。

勇の能力に抵抗しているのか一瞬だけ、舞菜の瞳が濁った。だが、その濁りもすぐに澄み渡り、勇を睨んでいた両目が後悔の色に歪んでいく。

「あ……ああ、ごめんなさい。わたし、あなたにこんなことをするつもりはなかったのに……。心も体も酷く傷つけて、どれだけ謝罪してもしきれないわ。わたしってどうしようもなく最低の女ね」

彼女は勇を傷つけてしまったことを深く後悔し、自分の行動に嫌悪感を抱いたように話す。

「お願い、どんなことでもいいの、わたしを罰して！　できるだけ重い罰を与えてほしいの！」

勇は舞菜の懺悔に、嘘がないだろうかじっくりと観察した。その冷たい視線に耐えきれないのか、舞菜はずっと謝り通している。

そこに、嘘をついているような様子はない。

（まあ、仮に嘘をついていたら、今からする行為には耐えられずに本性を出すか）

「な、なんの騒ぎだ！」

そこに、何度も響く破砕音を確認せずにはいられなくなったウィザルが現れた。

勇はちらりとウィザルに視線を向ける。

「見ての通りだよ、王様」

「き、貴様……イサム。本当に生きていたのか！　……それに、そこにいるのはギネヴィアか」

ウィザルは広間の端でレノールに守られるギネヴィアに気が付き、顔を歪ませた。

さらに、勇の足下に跪き震えている舞菜に視線をやると、顔を青ざめさせる。

「そんな……まさか。マイナがやられたというのか……？　そんな、そんな馬鹿な……」

ウィザルは舞菜が敗北した事実が信じられずに狼狽えている。そして、側近にどうなっているのか確認するよう唾を飛ばしながら怒鳴り、癇癪をおこしていた。

そんなウィザルに、なにが起きたのか理解させる為にも、勇は舞菜の顔にできるだけ近付くようにしゃがみ込んだ。

「舞菜、お前がこんなことをして、俺は本当に残念に思っているよ。ここまでやっておいて、都合良く俺の信頼が得られるとは思わないでくれよ」

「そう、よね……それだけ酷いことをしたんだもの。でも、それを承知でお願いがあるの。どうかわたしを捨てないで！　どんな重い罰でも受けるから！　あなたに捨てられるのだけは耐えられないの！」

「ああ、そうか。くくっ、お前がどれだけ自分のことを好きで、俺のことが嫌いだったかよくわかるよ。だけど、それには誠意をみせないとな？　そこで、信用を取り戻す一番の方法があるだろう？」

勇は抵抗できない舞菜をうつぶせにすると、その下半身を露出させた。

「あ、そんな……こんな場所でなんて」

舞菜は今から自分がなにをされるのか察し、顔を朱色に染めた。

「前の舞菜からは想像もできない表情だなぁ。こんな状況でも俺を求める無様な態度、最高だ！今のお前の姿を録画して、前のお前に見せつけてやりたいくらいだよ！」

勇は興奮したまま自身の下半身も露出させ、まだ濡れきらない舞菜に覆いかぶさった。

「あぎぃ!?　ぐっ、はぁっ……痛い、すごく痛いのっ！」

強引に膣内に挿入された舞菜は、詰まらせるような息を吐き出し、その苦痛に耐えた。

まだ乾いている結合部から一筋、破瓜による血が流れている。

肉体的にも精神的にも相当な負荷があるだろうが、舞菜は涙が零れそうになるのをグッと堪えた。

今の舞菜にとって、この痛み感じることは勇に行った行為の償いだ。どれだけ苦しくても、耐えなければならないものだった。

「俺が目を潰されたときの痛みはこんなもんじゃないぞ。もっと痛めつけてやる！」

それをわかっている勇は、ますます気合いを入れて腰を振り続けた。

わずかな湿り気が窮屈さを際立たせ、挿入を拒んでいるのではないかと思うほど勇の逸物をぎゅうぎゅうと締めつける。

「あくっ……はふっ！　気持ちいい……すごいぃ」

勇に許してもらうために、彼女はまだ苦しさが残っているにもかかわらず、必死に喘いでみせた。

または、自分を昂ぶらせるためでもあったかもしれない。喘ぎ声をあげるたびに舞菜の秘所からわずかに愛液が滲み、引きつるような痛みが和らぐ。

「どうした舞菜、こんなに強引にされてるのに興奮してるのか？」

「そ、そういうわけじゃ……。勇だから、気持ちよくなれてるだけ！」

「そういうことにしておくか」

幾ばくかスムーズになった膣をかき分けながら、勇は喉を鳴らすように笑った。

「嘘じゃないわよ。ほら、わたしだって腰を振ってるでしょ？」

よほど勇に嫌われたくないのだろうか、舞菜は苦しさに耐えながら必死に尻を振って、快楽を感じていることをアピールする。

罰せられることで自分への嫌悪感が和らぎ、愛しい勇に抱かれていることがわずかな時間で快感を生み出したようだ。

勇は上下に揺すられる舞菜の尻に、そっと手を添えた。肉厚な尻をぐにぐにと揉む。勇の指は簡単にその肉の形を変えていく。

性器にほど近い肉を好きなように弄られた舞菜は、びくりと下半身を反応させた。

「あっ、そこ……さわ、らぁ……」

尻肉を解されるのが堪らないのか、舞菜は戦闘を行っていたときからは考えられないような甘くとろけた声を出した。

「触ったらどうなるんだ？　最後まで言わないとわからないな」

勇は止めてほしいということをわかっていながら舞菜の尻を解し続けた。五つの指を沈み込ませて、様々な形へ変化させる。

そのたびに舞菜は息を漏らす。言葉を紡ぐ余裕すらなく、舞菜は続きを言えずに鳴き続けた。

気が付けばスムーズに剛直を出し入れできるまで愛液が滲み出している。勇に身体が揺さぶられる度に、上と下から二種類のいやらしい音が奏でられる。

下半身の圧迫感が薄れた影響か、大勢の人の前で辱められていることを、舞菜は意識しはじめた。

必死に口を覆い、漏れる音の大きさを抑えようとするが、上を塞ぐと反比例するように下からの音が目立っていく。その音が執拗に耳に入り、舞菜を不思議な気持ちにしていった。

「そんなに声を抑えていたら、俺が興奮できないだろ。お前は今、俺から許しをもらおうとしているのに、そんな態度を取っていいのか？」

「ご……ごめんなさい……すぐに、すぐに気持ちよくさせるから……」

舞菜は震えて力が入らない身体に鞭を打ち、ヘコヘコと動き始めた。

しかし、その体勢が体勢だけに、上手く動くことができない。

一方的に勇から快楽を与えられ、また動きが鈍る。その繰り返しだ。

上手く動けないことで、舞菜は焦りはじめた。

「ちゃ、ちゃんと動くから。勇を気持ち良くできるから！　ひぐっ、あひぃ！　だめっ、気持ち良くて足が……いやっ、いやなの！　お願い、見捨てないで！　ぎ、うぅっ、うわぁっ！」

このままでは勇に嫌われてしまう。それだけは避けたいと、目に溜めていた涙がぽろぽろと零れ始めた。さらに、嬌声に嗚咽まで混じり始める。

勇に捨てられるかもしれない恐怖で身体は震えだし、まともに動くこともできなくなり始めた。

その、以前の様子が欠片も残っていない無様すぎる姿に、流石の勇も哀れみを感じるほどだ。

（……本当なら辱めた上で、俺がされたように痛めつけてやろうかとも思っていたけどな。流石にこんな醜態を晒しているやつへ、さらに拷問まがいのことはできないか。すでに舞菜は俺の手に堕ちている。この先もゆっくり時間をかけて復讐すればいい）

復讐の炎がその勢いを弱くしたのを感じた勇はそう心を納得させると、舞菜の尻を両手で掴む。

「少しもの足りなかったが、頑張りに免じて許してやる。これからは俺の奴隷として奉仕しろ。時間をかけて、罪悪感がなくなるまで贖罪を続けるんだ」

そう言うと舞菜の動きに合わせるように腰を回転させ仰向けにした。

「あ、はっ、ふっ、あり……ありがとうございます！」

許しの言葉をもらった舞菜は、徐々に嗚咽を止め、涙を収めていく。強張っていた身体から力が抜けていき、程よい柔軟さを取り戻す。

まだ抜けきっていない痛みに眉をひそめながらも、その目は嬉しそうに勇を見つめていた。

「くっ、中の具合が急に良くなってきたな。その調子で奉仕しろ」

「は、はいっ！　頑張ってご奉仕する……あっ、ひゃひぃ！　あんっ、んんっ！」

ストレスから解放されたのが功を奏したのだろう。勇は先ほどまで舞菜に求めていた動きとビジュアルを手に入れた。

恥ずかしげもなく尻の穴までひくつかせるようにしながら必死に自分を受け入れている光景を目にして、勇の興奮は急速に高まっていく。

勇は彼女の両手を床へ縫い付けるように抑えながら、激しく腰を動かして犯した。

舞菜もその動きに応えるように、両足を大きく広げて逸物をより深く咥えこもうとする。

すでに破瓜の血は愛液によって洗い流され、卑猥な水音が城内に響いていた。

下半身の赴くままにピストンを続けると、耐えがたい衝動が勇の下半身に集まってくる。

ペニスが震えるのを感じ取ったのか、舞菜が切なそうに鳴く。

「あうっ、中で大きくなってる……ちゃんと最後まで性処理しますからっ！　中に出してっ！」

次の瞬間、猛る逸物がなんども脈打ち、濃い遺伝子が舞菜の奥へと送り込まれる。

「ふぅっ！　あ……熱いのが……膣内に……！　奥にあたって……あふっ、あああ、あああんっ……あああ……」

最奥に熱液を注ぎ込まれた舞菜は、そのエネルギーを敏感な部分で感じ取る。

嬉しさと気持ちよさが混ざり合い、それまで感じたことのない強烈な波となって舞菜へと襲いかかった。

「ふぅ、ふぅ……」

勇は荒い息をあげて絶頂の余韻に浸る舞菜から視線を外した。向けた先は、突如始まったまぐわいに狼狽えているウィザルだ。

息を荒げる舞菜の頭を掴み、ウィザルへと向けた。

「あはっ、ははは っ……お腹の中、温かいのでいっぱい……勇とのセックス、気持ちいいよぉ」

ウィザルは快楽に溺れた舞菜の顔を見て、一歩後退った。

断崖絶壁を背にしたような表情でいるウィザルを見て、勇は笑った。

「ははっ、信頼してた部下がアヘ顔して無様に種付けされてるぞ。残念だったな。安心しろ、仲間外れにはしない。俺たちを召喚したお前にも恨みはあるからな。すぐ報いを受けさせてやるよ」

対照的な二つの視線に捕らわれたウィザルは、ぎくりと身体を硬直させる。

蛇に睨まれた蛙のように動けなくなったウィザルから視線を外した勇は、射精したあとも奥へと押し込んでいた逸物を、そのままスライドさせはじめた。

「いつまでもへばっているなよ。今度はその顔をもっと俺に見せながらだ」

だが、崩れた表情を見られたくないのか、舞菜は顔を手で隠す。

「手を下ろせ、舞菜」

言っても舞菜は頭を振って手を下ろさない。勇は仕方なく露になった脇を、指先でなぞった。

「ふあぁっ」

予想外のこそばゆい刺激に、舞菜はおもわず腕を跳ねさせた。勇はそれ以上顔を隠せないように舞菜の両手を押さえつける。

真っ赤になり、だらしなく口元から涎が垂れるその顔が勇の前に晒される。

「あ……ああ、見ないで……恥ずかしいからぁ…」

羞恥心が限界に達したのか、舞菜は軽い絶頂に達した。

透明な体液が、彼女の心臓の鼓動に合わせて放出された。

それは勇の股間部分も盛大に濡らす。

「こんなに濡らして、我慢できないみたいだな」

勇はあえてそう捉え、口に出す。そうすることで、舞菜を余計に辱めることができるからだ。

案の定、舞菜は羞恥で勇から顔を背けた。

「そんな表情もできるんだな。ピリピリしてるときより、百倍は可愛いぞ?」

「そ……そんなこと……ない……」

可愛い、という言葉に舞菜は目を泳がせた。

「んっ……」

勇はそんな舞菜の首筋に舌を宛て舐めあげた。

肌が逆立つような快楽が、勇の舌から伝わる。これもまた、彼女にとっては慣れない快楽だ。

こそばゆさが際立つ快感は、勇の舌と共になめくじが這うような速度で舞菜の脳を焦がしていく。

気が付けば舞菜は、カチカチと歯を鳴らしていた。

「ひぃ、ひふぅっ！　こんなの壊れちゃうっ！　でも、もっと気持ち良くしてくださいぃっ！」

多くの繊毛《せんもう》で掃《は》かれるような、強烈な快楽だ。舞菜はその快楽に抗うため、勇の身体に腕と足を絡ませた。

端から見れば、がに股に足を広げて勇にぶら下がる不格好な姿をさらしている。プライドの高い舞菜にとって、それはとてつもない屈辱を与えるだろう。だが、そんなことを気にしていられないほど、舞菜は快楽によって追い詰められていた。

「そんなに激しくされたいならしょうがないな。しっかり掴まっていろよ」

勇は抱きついてきた舞菜の身体を揺さぶるように身体を動かしていった。あえて大きく、緩くだ。

後追いする舞菜の身体は、勇の思うままに揺られ、膣内を掻き回されていく。

「あ、ああっ……ダメ、これっ、気持ち良すぎて頭おかしくなるっ！」

激しく掻き回される刺激になれてきていた舞菜にとって、先ほどまでとはまったく別種類の快楽は手に余った。

一気に余裕は崩れ去り、再び嬌声をあげ始める。

勇は目を瞑り、その声と下半身に甘く痺れるような快感を感じることに集中した。

研ぎ澄まされた聴覚によって、舞菜の喘ぎ声が勇の脳とペニスに直接響かせられる。そうしたことで、海綿体になみなみと血液が送られた。より硬く、より膨張したペニスは舞菜の身体を壊さんばかりに押し広げる。

舞菜の膣道ははち切れそうなほど広がり、なんとかその巨大に変化した逸物を収容していた。

勇は自身の限界を感じ取り、緩やかだった動きを速めた。今、享受できる快感をとことん感じ取るために。

「あぐっ……！　舞菜、もう一度射精すぞ！　しっかり受け止めろよ！」

「はいっ、あぐぅ、ひぃぃっ！　イクッ……あああっ!!」

激しいピストンで、舞菜は極限の快楽を送り込まれ絶頂した。膣が勇の精液を搾り取ろうと急激に収縮する。痛みを伴うほどの収縮によって、限界まで膨張したペニスから、二度目とは思えないほど濃い精液が吐き出される。

「ひぐっ！　はっ、はふぅ……」

「ふぅ、少しやりすぎたかな」

勇は痙攣する舞菜を気にしつつ、ずるっと膣からペニスを抜き出した。

すると、広がりきった秘裂から膣道に溜まっていた白濁液が溢れ出す。

「はっ……勇の熱いの……溢れ出さないようにしないとぉ……」

舞菜はその溢れた精液を大事そうに指に纏わせると、膣内に戻すように擦りつけはじめた。

勇は、舞菜の痴態を見て、洗脳が完璧に機能していることを確信した。

(これで、俺の復讐も一段落……だな)

自らの目的が達成されたことによって、勇の胸の内に、得も言われぬ感覚が浸透していった。

† † †

行為に目を奪われていたウィザルは、勇が舞菜の身体から離れたのを見て我に返った。

(つ……次は私が狙われる！　そんな馬鹿なことがあってたまるか！　殺されてたまるか!!)

ウィザルは竦んでまともに動かない足を、それでもなんとか動かして出口へと向かった。

「ちっ……、逃がすか！」

「待って！」

後を追おうとする勇を呼び止めたのは、ギネヴィアだった。

勇は慌てて足を止め、振り返る。

その間にウィザルは大広間を出て行った。後にはバタバタと長い廊下を駆ける足音だけが響いた。

第六章　ゴッド・デストラクション

一話　逃亡

「……なんで引き留めたんだ？　あいつもカーフラの手駒なんだろ？　ここで倒したほうが話が早かったと思うけど」

多少疲労した今でも倒すことは容易だ。それは、彼女にも許れることであるはずだった。

「ええ、だけど彼にはもっと大事な役割があるわ」

「役割？」

ただ逃げ出すだけで精一杯と思われたウィザルの背中を思い出しながら、勇は首を傾げた。

「カーフラをあぶりだしてもらうの」

「カーフラを？」

「ウィザルはきっと、あのままカーフラへと会いに行くはずよ。今回召喚した勇者五人が、全て使いものにならなくなったんですもの、泣きつく相手はカーフラしかいないわ」

「なるほどね、わざと泳がせて、大物を釣ろうってわけか」

「それまで、どれだけ時間があるかわからないわ」

「わからないのか？」

「カーフラはこの世界より高位の次元に存在しているの。もし、カーフラがこの世界に直接干渉しようとすれば肉体が必要になる。そこまでするならかなり時間が掛かるはずだけど……もし魂だけで貴方たちを倒しにくるなら、そう時間がかからないはずよ」

「そうか……なら、あまり時間を無駄にできないな。ギネヴィア、ここまで復讐を達成できたのはお前のおかげだ、ありがとう。今度は俺が復讐を手伝う番だ。〝ブレイブ・ルーン・ソード〟の世界を滅茶苦茶にしやがったやつを倒しに行こう」

「ええ、必ずカーフラを倒すわ。そのためにも、まずはあの子を正気に戻しましょう」

ギネヴィアはついと視線を流した。そこには激しい性行為によって放心している舞菜がいる。

「そうだな、頼めるか？」

「任せて。あと……あっちの子はどうすればいいかしら？」

そう言いながらギネヴィアが指差すのは、舞菜からほど近い場所に投げ出されていた永羽だ。

「ああ、あいつもできるだけ丁重に頼む」

精神を崩壊させた永羽がこの先なにか役に立つとは思えなかったが、勇はどうしても彼女を放っておくことができなかった。勇にとって、短い間であっても彼女は一緒にこちらの世界へ送られてきた仲間だった。当時、不慣れな環境での生活で溜まるストレスを、優しい永羽の微笑みが癒してくれていたことを、勇は忘れたことはない。

「わかったわ」

ギネヴィアは手早く舞菜に回復魔法を掛けていく。舞菜ほど回復の技量があるわけではなかったが、それでも舞菜の身体は急速に回復して意識を取り戻した。

「余計なことしないで……」

ギネヴィアを視界に捉えた舞菜は、開口一番に言い放つ。

「そうも言っていられないわ。これから私たちはこの世界を作った神を討ち取りに行くの。それにはあなたの力も必要なのよ」

舞菜の憎まれ口に、ギネヴィアはいたって冷静に返答する。

そうなのだ。これから退治しなければいけない相手は優香や舞菜よりも手強い。

せっかく目の能力を使って支配下に置いたんだから、彼女にも協力してもらわないと。

しかし、そんなギネヴィアの態度が気に入らないのか、舞菜は振り払うように立ちあがった。

「勇に気に入られてるからって、あまり調子に乗らないでよね……。わたしはまだあなたのこと、敵だと思っているんだから」

「どう思っていても構わないわ。カーフラを倒すためなら、イサムにだけでも協力して」

「それにしても、カーフラを倒す？　確かにいけ好かないやつだけど、そこまでする相手なの？」

事情を知らない舞菜に、できるだけ手短に経緯を説明した。

勇の言葉に熱心に耳を傾けた舞菜は、興味なさげにギネヴィアを見た。

「まあ、そういうことなら少しは協力してあげる。だけど、これも全部勇のためなんだからね？そうでなくちゃ、あなたを助けたりなんかしないわ」

「一応、話はまとまったな。早く次の行動を起こさないとまずいんじゃないか？」

「そうね。とは言っても、大体は今までと同じだと思うわ」

「カーフラが直接戦闘をするのか？」

そんな勇の疑問に、舞菜も乗ってくる。

「あれだけ影で動いてたやつが、そんなことするとは思えないけど。一番最初にわたしの前に現れたときだって、わたしたちが死んだら魔力の暴走で爆発するとか、ギネヴィアの蘇生の秘密を教えるだけで、自分で動く気はなかったのよ？」

「それじゃあ……やっぱり次もなにか策を巡らせてくるんだろうか」

また切りがない戦いが始まるのかと、辟易してため息を漏らした。だが、ギネヴィアが首を振る。

「……カーフラからは長い年月をかけて沢山の刺客を送ってこられたわ。その中でもあなたたちは特別な強さを持っていた。カーフラは、今回で終わらせるつもりでいたのでしょうね。前回までは呼び寄せた勇者たちに、そもそも助言すらしていなかったのよ。そうまでして私を殺せなかったら、次はもうカーフラ自身が出て来るしかないわ」

ギネヴィアの話を聞いていた舞菜が口を開く。

「そういう状況まで追い込んでいるっていうのはわかったわ。それでカーフラを倒す算段はあるの？」

「それは……」

ギネヴィアは言葉を詰まらせた。世界を創造するほどの力を持ったカーフラを倒す術を、長い年月の間に考えないではなかった。だが、ギネヴィアはそれを、どうしても思いつくことができなかったのだ。そもそも、現状のカーフラには実体がない。魂だけの状態のカーフラに、物理的な攻撃は言わずもがな、魔法すら効果があるか怪しいものだった。

仮に効果があったとして、わかっている弱点を放置しておくほどカーフラは甘くない。

ギネヴィアの反応を見て、舞菜は話にならないとため息を吐き出した。

二話　救済を求めて

大広間を出たウィザルは、大急ぎで王室へと走った。目的地はもちろん地下の神殿だ。舞菜と優香がやられ、ギネヴィアを倒せるものがいなくなった今、ウィザルにできるのはそれをカーフラへと伝えることだけだ。どんな叱責を受けようとも、このまま召喚された者たちを放っておくことはできない。神の助けを得ることができなければ、殺されるだけだからだ。

いつもと変わらないその神殿で、ウィザルは唯一持ち合わせていたリンゴを一つ祭壇の中央に置いて祈りを捧げた。

「どういうつもりだ、ウィザル」

そうして現れたカーフラの機嫌は最悪だった。粗末な供物に加えて、信仰のまったくない保身からくる祈りで呼び出されたのだから、仕方のないことかもしれないが。

だが、そんなことにかまけている余裕はウィザルにはなかった。

「た……大変なことが！　魔女の討伐時に魔力の暴走によって、ば、爆発した勇者が……イサムが生きて……マイナがやられてしまいました！」

しどろもどろになりながらも懸命に現状を報告しようとするウィザルに、カーフラは露骨に面倒くさそうに言う。

「少し落ち着くがよい。その慌てぶりを見る限り、余程のことが起こっているようだな。先の魔女討ちの際に使用した勇者が生きていた。そして、それがマイナを打ち負かしたと」

「は、はい……！」

「ウィザル、つまり貴様は我に虚偽の報告をしたということだな」

カーフラは最大限の侮蔑を込めてウィザルを見た。あまりの気迫にウィザルは震え、その場にひざまずき許しを乞う。

「しかしマイナめ……。あれだけ大言を吐きながら失敗するとはな。勇者はまだしも、ギネヴィアが生きているのは看過しがたい。そしてお主はそれを知りながら、我への報告を怠った。違うか？」

「も……申し訳ございません！　しかしながら、手負いの兎を狩るために、カーフラ様のお手を煩わせるのもいかがなものかと……。マイナも魔女が生きていたのは予想外だったようで……。その当人もやられ、イサムの妖しげな能力によって寝返られてしまいました。見たところ我が国の精鋭レノールも、もうひとりの勇者である優香もギネヴィアに味方しており……」

「ふん、大方ギネヴィアがなにか悪知恵を貸したのだろう。世界を作る際に与えた権限を使っているのだ。それに関しては、我のミスとも言えるな」

「このままでは魔女にこの国が滅ぼされてしまいます！　カーフラ様、どうか力をお貸し下さい！」

「わかっている。このまま我の意思から外れた不届きもの共を放っておく訳にはいかぬ。しかしさて……また異世界から器の大きな人間を呼びよせるのは、時間が足りぬ。それに、たとえ召喚が間に合っても今のギネヴィアと勇者たちに勝てるかどうか……」

「で、ではどうされるのです？」

「そうだな……」

カーフラは珍しく悩み、俯いた。しばらくその状態のまま静止していたが、なにか考えをまとめたのか勢いよく頭をあげてウィザルに視線を注ぎ、一言呟いた。

「我が出よう」

「そ、それはしかし……。それこそお時間がかかるのではないでしょうか？　カーフラ様の御顕現《けんげん》には最低でも一ヶ月はかかるかと……」

「確かに、肉体までとなればそうだ。だが、我の魂の一部はすでにここにある。これを呼び水に、魂だけの顕現ならばそう時間は取られまい。ウィザル、こちらへ来い」

命令に従い、ウィザルはカーフラへと近付いた。

「ではこれから我の顕現を行おうではないか。我の目を見よ」

言われるがままにカーフラの目をのぞき見た。

「あ……」

すると、途端にウィザルは猛烈な眠気に襲われて、床に手をつく。

「な、なにを……」

「抗うな。我に任せるがいい……」

「う……あ、はい……」

カーフラの言葉に頷き、ウィザルはその眠気に身を任せた。身体から力が抜け、ウィザルは床に身を投げ出して、ガタガタと震えだした。

激しく身体を揺すり続けたが、しばらくしてその震えも止まる。

そうして、何事もなかったかのように立ちあがると身体の動きをチェックする。軽くジャンプしてみたり、手を閉じたり開いたり、一通りの確認を終えると小さく息をつく。

しかし、ギネヴィアや勇の襲撃に怯えていたウィザルとはほど遠い雰囲気を醸し出していた。

それもそのはずだろう。今、ウィザルの身体を支配しているのは、紛れもなくこの世界の神であるカーフラであるのだから。

「まあこんなものか。ウィザルよ、ありがたく思うがよい。我の顕現の力になれたのだからな」

カーフラはそう言って笑うと、神殿の出口へと歩き出した。

「それにしても……器の小さい者に入るとどうしても力が制限されるな、これでは本気が出せん。だが……我の力があればこれくらいでも魔女共を消し去るには十分か」

ウィザルの身体を乗っ取ったカーフラは、開け放たれたままの扉を抜け、地上へと続く長い階段の前に立った。カーフラは遙か頭上にある出口へと視線を定め、一気に跳躍した。

一息で王室まで上り終えたカーフラは、強い魔力が示される地点――城の大広間へと向かった。

「まったく……ここは無駄に広いな。目的の場所まで遠すぎる」

愚痴を言いながら移動し、カーフラは大広間の入り口前に立った。その先には確かに、魔女ギネヴィアから放たれる強い魔力を感じた。そしてそのすぐ側に、自身がこの世界に呼び寄せた四人の勇者の反応も。

(ひとりは再起不能のゴミになっているそうだな。となれば最大でも四対一。ウィザルの身体ということを差し引いても訳もない)

カーフラはギネヴィアをその手で始末するため、大広間の扉を破壊した。

† † †

突然の破砕音が響く。カーフラにどう対抗するか話していた勇たちは一斉に音の方向へと顔を向けた。

「なんだ？」

「ウィザルが戻ってきたみたいね」

優香が入ってきた人物を見て皆に伝えた。

「戻ってきたのか。ギネヴィア、どうする？　……ギネヴィア？」

勇は、ウィザルを泳がせようと提案したギネヴィアに意見を求めた。だが、ギネヴィアには勇の声が聞こえていないようだった。表情を険しくさせ、ウィザルから視線を外さない。

勇は明らかに様子がおかしいギネヴィアの肩に手を置いた。

「大丈夫か？　どうしたんだよ」

「気をつけて、あれはウィザルじゃないわ」

「ウィザルじゃない？」

ギネヴィアの言っている意味がわからずに、勇は首を傾げる。すると、野太い笑い声が響いた。

「さすがギネヴィアといったところか。我と長い時を過ごしただけはある」

「あいつ……」

その言葉遣いに舞菜が反応する。最悪の敵が、予想以上に早くやってきたことに、自然と表情が歪む。

「お前も気が付いたかマイナ。それ以外は初対面だな。では改めて自己紹介をしてやろう。我が名はカーフラ。この世界を創造した神だ」

三話　神の力

「カー……フラ？」

その名前を聞き、勇は身体が緊張に包まれるのを自覚した。

「まったく悠長なやつらだ」

カーフラは動けずにいる勇たちを尻目に、行動を起こす。

勇に急接近すると、足下で座り込んでいる永羽を颯爽と掴んで距離を取った。

「永羽！」

「まったく油断しすぎではないか？　お主らにとってもこの小娘の能力は貴重だろう？　なにせお前らの動力源みたいなものだからな。そして……今の我にとっても、これほど都合のいい魔力源はなかなかない。爆発するときくらいにしか役に立たない勇者の魔力を存分に扱えるからな！」

カーフラは永羽から強引に魔力を引き出すと、その手のひらから雷を打ち出した。

空気を切り裂く轟音と共にうねる光が大広間を駆け巡った。勇と舞菜の戦いによってただでさえボロボロになっていた大広間は、修復が困難な程に破壊される。

飾られていた絵画は雷の熱で発火し、匠の手によって彫り出された石像は倒れて割れる。

レノールは舞菜を抱えて攻撃を躱し、優香は魔力で強化した身体で雷を弾く。

勇もルーン・ソードを抜き、横に立つギネヴィアを守るように雷を弾く。

「よしよし。この程度でやられてはつまらない。それ次だ」

間髪入れずに次の攻撃が放たれる。今度は広間に散らばった残骸が浮いたかと思うと、五人めがけて降り注いだ。勇とギネヴィアも、それぞれ大岩の雨を回避していった。

宙に浮いていた残骸が打ち尽くされると同時に、カーフラは次の攻撃へと移る。勇たちは次々と繰り出される攻撃を、なんとか回避し続ける。危機一髪の回避も、かなりの回数に及んだ。

「どうした？　貴様らの力というのはそんなものか？　多少ゆるく攻撃してやっているというのに手も足も出ないではないか……。ギネヴィアが作った物語の主人公は、もう少し骨がありそうだったぞ。せめてそのくらいあがいてみてはどうだ？　世界を造るにあたって、我に都合の悪い登場人だったから真っ先に存在を消してしまったが……あのときのギネヴィアの表情は笑えたな」

「なんだと!?　貴様、そんなことまで……絶対に許さないからな！」

自分の大好きな作品を穢されていたことで、勇の怒りが一気に燃えあがる。

それを見て高らかに笑うカーフラに、ギネヴィアがキツく唇を噛んだ。

あまりにも強く噛みすぎた影響で、皮膚が裂け血が流れていく。

「あの雷の魔法、〝ブレイブ・ルーン・ソード〟のライバル相棒キャラ、ジェイクが使うはずだったの……それを私の前で自分のモノのように使うなんて！　イサム……少しだけ時間を稼いで」

ギネヴィアは、カーフラの攻撃が降り注ぐ中で立ち止まる。

「おい！」

勇も慌てて立ち止まり、ギネヴィアに降り注ぐ無数の攻撃をルーン・ソードではじき飛ばす。

「そんなに保たないぞ……」

たとえルーン・ソードの特性で身体能力を限界まで引き出していたとしても、カーフラの猛攻にはあまり長く耐えていられない。

「ふははは っ！　正面から我の攻撃を受け止めるつもりか？　いつまで保つか見ものだな！」

「くっ……ギネヴィア、早くしてくれ！」

カーフラはふたりが立ち止まったのを見逃さず、集中的に魔法の雷撃を放ってくる。

もちろんレノールたちのほうにも牽制の魔法が放たれており、援護も期待できない状況だ。

勇は爆弾が至近距離で爆発するような衝撃になんとか耐えつつも、歯を噛みしめた。

だが、カーフラの魔法を弾き続けるうちに、嫌な音が響きルーン・ソードにヒビが入ってしまう。

「くそ、ルーン・ソードが……頼む、まだ折れてくれるな！　お前はあのころの……俺の希望の象徴なんだ！」

勇は咄嗟に攻撃を逸らし、追撃が来る前にギネヴィアを抱えて後方へと飛び退いた。

カーフラの攻撃が始まってからここまで、勇たちに反撃の余地は与えられていない。

それに加えて、大広間の中に有るありとあらゆる物が壊れ、今にも崩壊しそうになっている。

次の行動をどうするか迷っているうちに焦りが募り、勇の動きが鈍くなっていく。

それを見ていたギネヴィアが、勇の袖を引っ張った。

「イサム、左目でカーフラの魔力の総量を適当な兵士と交換するのよ！」

アドバイスが耳に届くと同時に、勇はカーフラを視界に捉え、即座に能力を発動させた。

しかし、カーフラは何事もなかったかのように魔力を編み、空中に水の塊を三つ作り出す。

「効果が発揮されないだと!?」

能力を使用したにも関わらず、当たり前のように魔法を使うカーフラに、勇は驚きの声をあげた。

「ふっ、ギネヴィア。我がその程度の能力を対策しないとでも思ったか？」

「あ、あれは……イサム、カーフラの周りに」

見ると、その周りに球状の膜が張られていた。

「あの膜をどうにかしない限り、俺の左目は無意味ってわけか……」

言葉を交わしている間にも水の塊は激しく渦を巻き、龍頭を模《かたど》った。三匹の龍は三箇所に別れた勇たちにそれぞれ狙いを定め襲いかかる。優香はこれを、身体強化を最大限まで高めることで受け止める。勇は、迫りくる竜頭を、近くに転がっていた石像の残骸と入れ替えることで防いだ。

カーフラ本人には効かなくても、その手から離れた魔法には左目の効果が使えるようだ。

だが、レノールと舞菜はそうはいかない。一般の騎士よりも遙かに高い身体能力を持っているとはいえ、ただの人間であるレノールと、完全後方支援型の舞菜には荷が重い連撃だ。

逃げ切れず、レノールがその攻撃を剣で受け止める。だがやはり、カーフラの攻撃は威力が高い。みるみるうちに剣が削れていく。

「ちっ！」

それを目にした勇は、急いでレノールを追い詰める水龍の攻撃対象を、すぐ近くの床に変更した。軌道が下へとズレ、叩きつけられた水龍は水しぶきをまき散らしながら床を破壊する。

「イサム様、助かりました……」

「気をつけろ、次が来るぞ！」

言うと同寺に勇はギネヴィアと共に走る。びしょ濡れになったレノールと舞菜はよろめきながらそこから退避した。直前まで勇とギネヴィアがいた場所に、無数の刃が突き刺さった。

四話　覚醒

一瞬の静寂が訪れ、床へと突き刺さった剣は空気へ溶けるように消えさった。

「クリスの『ハイドロヒュドラ・キャノン』に、アンドリューの『飛翔魔剣』まで……」

これらの魔法も、彼女が考えたキャラクターが使うはずだった。連載には登場させていなかったが、改めて自分の物語が、他人に好き勝手弄られているのを見てギネヴィアの復讐心が燃える。

「なかなかやるではないか。腐っても我の力の一部を与えただけはある。だが、それでも逃げるので精一杯か。これなら本気を出さずとも戦えそうだ」

そのカーフラの言葉に、優香はぽつりと呟いた。

「まだ力を温存しているっていうの……？」

心が折れそうになるのを必死に抑えるが、嫌でも戦いへのモチベーションが下がっていく。どんな相手にも強気に攻めていく優香が、構えていた拳を力なく下げた。

「もちろんだ、ユウカよ」

無防備になった優香にカーフラは容赦なく攻撃をたたき込んだ。

「避けられな――――！」

半透明の触手が鞭のようにうなり、優香を襲う。

触手は地面を割る程の威力を持ち、衝撃で優香の身体が投げ出される。それを待っていたかのように触手は器用に蠢き、優香を掴む。カーフラは優香を掴んだ触手を引き戻す。

「優香！」

勇の叫びに応える声はない。触手に握り込まれた優香は気を失っていた。

「この者の魔法は身体強化だったな。今のひ弱な我の身体には丁度いい能力ではないか」

カーフラは永羽から吸い取った魔力を優香へと流し込み、優香の身体能力強化を強制的に発動させる。通常ならば発動した魔法は優香の身体を強化する。だが、彼女を捕らえている触手の効果によるものか、発動した魔法はカーフラが乗り移るウィザルの身体を強化した。

「そんなこともできるの……？」

なにが起きたのか瞬時に理解した舞菜の口が、驚きでぽかんと開いたままになる。

「もちろんだ。なにせお前たちに与えた能力は、元々我のものであるからな。貸したものが返ってきたら使えるようになるのは当たり前だろう」

「勇！　今の見ていたわよね!?　早くどうにかしないと、手がつけられなくなるわ！」

無制限の魔力を使用しての身体能力強化。想像するだけでも最悪な組み合わせに舞菜は叫んだ。

「くそっ！」

勇は飛び出した。だが、策もなにもないただの突撃は、カーフラの魔法の的とも言えた。

「まだ身体が温まっていないのでな、肉弾戦はしばらく待て」

カーフラは身体に魔力が巡る時間を稼ぐため、次々と魔法を発動させる。降り注ぐその攻撃を全て、左目の能力でカーフラに反射させて接近を試みる。

だが、身体強化が掛かったカーフラは後方へ飛び退いて距離を取る。

「その左目だけは厄介だな。さすがはギネヴィアが授けた能力だけはある。お前を相手にするのは少しだけ後だ」

カーフラは再び触手を出現させると、大広間を薙ぐように触手を振り回した。

勇はギネヴィアの手を掴むと、天井からぶら下がるシャンデリアと自分たちの位置を交換し、その攻撃を躱した。

「あっ――！」

だが、万が一の回復を準備していた舞菜へと触手が襲いかかり、彼女を守っていたレノールもその薙ぎ払いに巻き込まれてしまう。

「余計なものまで巻き込んだか。まあよい。さて、これで後はお主とギネヴィアだけになったな。我には無制限の魔力と身体強化、だめ押しの回復魔法――ああ、そうだ分析魔法も割と便利な魔法でな。それが魔法であるならば、この目で捕らえた瞬間にどんなものか理解することができる。これでギネヴィアは役に立たない。残る障害は貴様だけだ。もし降参して、大人しくそこの魔女を差し出すなら、命までは取らないと保証するが……さて、どうする？」

明らかに不利な状況に立たされた勇だったが、カーフラからの提案を秒で切り捨てた。

「まだだ！　俺はまだ少しもお前の攻撃を喰らってない！　俺にその提案を飲ませたかったら、一撃でも攻撃を当ててみろ！」

「ふん、お互いに当てられないとわかっていながら……。まあよい。やりようによってはお主の能力も超えられぬことはなさそうだ」

無造作に放たれた炎弾が無数に勇へと降り注ぐ。勇はその全てを反射させる。

「なんどやっても無駄だというのに……」

勇の反撃にカーフラはため息を吐いた。カーフラを包む結界は、いかなる魔法的干渉も受け付けない。いくら炎弾を反射しても、カーフラには傷一つつけることはできなかった。

「今度は違うぞ……！」

「なに？」

だからこそ、勇はそれを逆手に取った。反射した炎弾は全て天井へと吸い込まれる。轟音と共に崩れた天井から、カーフラへ向かって岩が降り注ぐ。

もうもうと土煙があがり、勇の視界を悪くする。

魔法が一切効かず、接近ができないのなら届くように工夫をするだけだ。

油断していたカーフラに、勇のその攻撃を避ける術はない。

「やっと一撃だ。……これで終わりの可能性もあるか」

あれほど大規模に天井が崩れたのだ。カーフラを倒していてもおかしくはない。だが――。

「考えたな。だがまだ甘い」

瓦礫を飛ばしながら、無傷のカーフラが姿を現した。

「悪くはない攻撃だったが、実際に我に当たるまでにラグがありすぎる。これなら寝ていても防ぎきれてしまうわ」

(ダメか……。なら！)

勇はルーン・ソードを握り直した。饒舌に喋っているカーフラへ奇襲を掛ける。

カーフラの近くに転がる崩れた天井の残骸と位置を交換した勇は、力強く踏み込み、ルーン・ソードを振るった。

(入った！)

不意打ちからの完璧な間合い。

だが、カーフラは身体能力を底あげして不意打ちへと対応した。

軽く攻撃を受け流された勇だったが、諦めずに攻撃を続ける。

「まだまだぁ！」

勇はさらに一歩踏み込み、連続で切り込んでいく。

しかし、その踏み込みによって、度重なる攻撃に耐えきれなくなった足場が崩れた。

(しまった……バランスがっ！)

一直線にカーフラへ向かっていたルーン・ソードの切っ先が逸れ、カーフラの横で触手に捕らわれている永羽のほうへ流れていく。

時間にすれば一瞬。だが戦いではその一瞬の隙が命取りになる。勇はこのミスに気を取られてしまっていた。視野が狭まり、体勢を立て直すことに全ての思考が持って行かれる。

勇は完全な無防備を晒していた。今、カーフラが全力で勇に攻撃魔法を当てれば、いとも容易く戦いの幕を下ろすことができるだろう。

だがカーフラはそうはしなかった。

「……チッ！」

永羽にルーン・ソードが叩きつけられる直前。カーフラは剣の射程外へと飛び退いた。

「……無駄だったな。それに、切り札の武器も失ったようだ」

あらぬ方向へ向かったルーン・ソードは、運悪く側面で岩を叩き、カーフラの攻撃によって入ったヒビが入った場所から折れてしまった。

攻撃を躱したカーフラは勇を見て薄く笑った。

しかし勇の耳にはその言葉は届いていなかった。折れたルーン・ソードも気にせず、カーフラを凝視する。

(……なんだ？　こいつは今、なんで避けた？)

勇を仕留める、絶好のチャンスだったはずだ。だが、カーフラは回避行動を取った。それが勇には不可解に思えてならなかった。

咄嗟にギネヴィアへと視線を向ける。ギネヴィアはその視線に気が付き、しっかりと頷いた。

どうやら勇と同じ違和感を抱いたようだった。

「ふん……あまりにも絶望的な状況に言葉をなくしたか。まあ無理もない。これで、大人しく我に殺される覚悟もできたというものだろう。丁度よく身体強化も十分な域に達したようだ、次で決めてやろう」

カーフラはそんなふたりの反応を絶望と捉え、邪悪な笑みを零す。

「まだだ！」

勇は諦めずに立ちあがる。折れたルーン・ソードを構えて、カーフラへと迫る。

しかし勇の必死の攻撃は、身体強化したカーフラに難なく弾かれてしまう。

「くくく、なかなか激しい攻撃だな。怖い怖い。だが、当たらなければ意味がないぞ？」

カーフラは勇を挑発した。勇はその挑発に乗るように、剣を振るい続けた。

† † †

カーフラが勇に気を取られているうちに、ギネヴィアは大魔法の準備を終わらせていた。

静かに、ギネヴィアの周囲の空間が歪み、世界の風景が反転した。そしてギネヴィアは、世界の裏側へと足を踏み入れた。

表の世界からの干渉を一切受けない世界に移動するその魔法は、ギネヴィアが使える魔法の中でも最上位のものだ。ただし、この魔法を使用するためには膨大な魔力を必要だ。それによって、ギネヴィアは体内の魔力をほとんど使ってしまっていた。

移動するギネヴィア以外の物体がネオンライトのように光り、点滅する。

その中で、ネオンライトの人影となった勇とカーフラが激しい戦闘を繰り広げていた。

勇の攻撃に意識を集中しているカーフラは、ギネヴィアが魔法を使ったことに気が付かなかった。

(チャンスは一度……絶対に失敗できないわ)

そしてギネヴィアは動き出した。

(あの瞬間、イサムが抱いた疑問が同じものなら……)

ギネヴィアは揺れ動くカーフラへと近付いていく。

「……ふぅ」

カーフラの脇へと着いたギネヴィアは深く息を吸い込んで、その手に最後に残ったわずかな魔力を集中させた。そして——それに手を伸ばす。

† † †

「ぐ……」

勇とカーフラの攻防の天秤は、カーフラに傾こうとしていた。

勇の攻撃は全て対処されてしまう。逆に、カーフラの攻撃は激しさを増し、避けきれなくなっていく。既に数回致命的な一撃を見舞われ、その度に左目の能力でダメージを返すことでかろうじて均衡を保っている状況だった。返したダメージが全てカーフラに当たっているならば勇の圧勝だっただろうが、それもカーフラの結界によって叶わない。

「ぐっ……う……がふっ……！」

その均衡がついに破られた。

まったく唐突に勇は地面に膝をつくと、吐血した。

「ぐっ……」

視界は揺れ、強烈な吐き気と頭痛が勇を襲う。その症状は、紛れもなく左目の能力の副作用だ。

舞菜との戦いですでにその予兆は現れていたが、カーフラとの戦闘で能力を使い過ぎた。

今度は軽い頭痛などでは治まらない重篤な副作用が勇の体を襲う。

「なんだ？　くくく……なんだかわからぬが、これは都合がいい」

動けなくなった勇を笑い、カーフラは拳を振りあげた。

最後の一撃を勇にたたき込もうとしていたカーフラの耳に、バキバキとなにかが割れる音が響き渡った。

「なんだこの音は……」

カーフラは至近距離から響く不愉快な音に表情を歪ませた。音の元を払うために、視線を向ける。

「——なっ」

そして、それを見て言葉を失った。視線の先には、ひび割れた空間から伸びる一本の腕があった。その腕は永羽の腕を掴み、異空間へと引きずり込んでいった。

なにが起きたかわからず、カーフラは呆気にとられる。足下に倒れる瀕死の勇に止めを刺すことも忘れて、辺りを見渡す。

すると、少し離れた場所にギネヴィアが現れた。背中に、永羽を背負いながら。

「ギネヴィア……貴様！」

カーフラが焦燥している姿を見たギネヴィアは、薄く笑った。

「やっぱり、これが貴方の弱点だったのね……。貴方、その身体だと本来の力を出し切れないのでしょう？　だからこそ、無限に魔力を供給できるこの子を最初に奪った」

つまりは、基本的には舞菜と同じ戦法だったのだ。

「くっ……」

カーフラは悔しそうに顔を歪ませた。凡人であるウィザルの身体にはほとんど魔力を貯めることができない。それを補うために永羽を魔力タンクとして使用していたのだ。だからこそ、永羽に勇の攻撃が当たりそうになったとき、カーフラはやむなく回避行動を取った。

カーフラはギネヴィアの手から永羽を奪い返すために、走り出そうとする。

「イサム！　ルーン・ソードに貴方の魂と魔力を注いで！　その剣はまだ戦えるわ！」

だが、ギネヴィアはそれよりも早く声をあげた。

「お……う……」

ギネヴィアの声を聞いた勇は、ボロボロの身体を奮い起こした。痛みを発する左目を強引に使って永羽の魔力と自分の魔力を交換する。

「ぐっ！　くそ、やっぱり永羽の魔力は尋常じゃないな……でも、俺は復讐を成し遂げなきゃいけないんだ！　俺自身のためにも、ギネヴィアと〝ブレイブ・ルーン・ソード〟のためにも！」

元々魔力の多い勇者の中でも特別で、無尽蔵ともいえる量の永羽の魔力。それが傷ついた勇へ更に負担をかけるが、気合いを入れて堪え、その魔力を折れたルーン・ソードへと流し込んだ。

膨大な魔力を注ぎ込まれたルーン・ソードは目が眩むほどの光を放つ。その光はボロボロだった勇の身体を癒し、さらに折れた刃を補完し新たなる刃を作り出した。やがて光は収縮し、勇の手には新たな剣が握られていた。その刀身はルーン・ソードだったときとは対照的に漆黒だ。

「あ……え？」

勇は突如として漆黒の剣から身体中へと力が巡ってくるのを感じ取った。さらに、底の底に眠っていた力を限界を超えて操れるようになったのだと、不思議な確信を抱いた。

指示を飛ばした本人であるギネヴィアは、剣の変化を見てほくそ笑んでいる。

「ブレイブ・ルーン・ソード……完成したわね」

ギネヴィアの呟いた言葉に、カーフラが過敏に反応した。

「なんだと!?」

「ブレイブ・ルーン・ソードって……」

そう呟くと、いつの間にかギネヴィアが傍に転移してきていた。

「ええ。私の物語で、最後に世界を救うために用意した聖剣よ。今は世界を穢した神に復讐するため、イサムの内面を反映して魔剣になっているようだけど。この剣ならお前を倒せるわ、カーフラ！」

勇はじっとブレイブ・ルーン・ソードを見つめた。その剣からは禍々しい魔力が溢れていた。

流れ出る魔力によって空気が揺らめいている。

（これがあの〝ブレイブ・ルーン・ソード〟の代名詞……。凄い力を感じる。この剣ならば！）

かつてない高揚感を覚えながら、勇はブレイブ・ルーン・ソードをカーフラへと向ける。

「ぐっ！」

たったそれだけで、途端にカーフラの身体は硬直し、動きを止めた。

いきなり身体の言うことが効かなくなったカーフラは、訳がわからずに膝をつく。

「貴様……この我に膝を突かせるとは……！」

勇はカーフラになにが起きているのかを感覚的に理解していた。ブレイブ・ルーン・ソードから漏出する魔力に、勇の使用できる魔法の効果が付与されていた。すなわち、敵を束縛する魔法が、だ。

本来なら剣で斬りつけなければ発動しないはずが、切っ先を向けるだけで効果を及ぼしている。

こうなってしまえば、優香の身体強化能力など意味をなさない。勇は優香をも超える速度でカーフラに接近し、ブレイブ・ルーン・ソードで一刀両断に斬り伏せた。

「ぎぃっ！」

カーフラの身体は胸から上の上体と、それより下に分断された。

下半身は振り抜かれた刃の勢いで横へと薙ぎ払われ、力なく地面へ倒れた。上体はそこから少し離れた場所へぼとりと落下する。

「ぎ……貴様ぁ！　よくも我に恥をかかせたな!!」

だが、カーフラは死んでいなかった。

「この程度の攻撃で、全知全能の我を殺せると思うなよ！　不死身なのは、そこの下銭な魔女だけではないぞ!!」

泥を舐めさせられたカーフラは、怒りによって勇の魔法を振り切った。

その体からは、永羽を失ったとは思えないほど濃密な魔力が放たれている。まるで、魂を燃やしているかのようだ。さらに上半身の切断面からは肉が盛りあがり、気色悪い動きで再生を始める。

カーフラは自身に浮遊魔法を掛け、下半身を分断されたまま宙に浮きあがった。

遙か頭上へ舞いあがったカーフラは、降下して勇へと体ごとぶつかるように突撃する。

勇が衝突の直前横へと飛んでその攻撃を回避すると、直前まで彼のいた場所にカーフラの突撃が炸裂した。石材の床がはじけ飛び、突撃の威力が並の砲弾以上であることを思い知らせる。

「予想はしていたが、やっぱり肉体の損傷だけじゃ倒せないか……」

仮にも神を相手に、勇もこれで終わるとは思っていなかった。

「再生の仕方がギネヴィアと一緒なのは、この世界の不老不死っていうのが全部、肉体の再生を意味してるのか、それとも、焦って咄嗟に思い出せる不老不死がそれだけだったのか……」

「なんとでも言うがいい。貴様が我を倒せないことには変わりないのだからな！」

カーフラは高笑いしながらもう一度、勇へと突撃した。今度はその身体に、ありったけの魔力を込めて。その突撃は、少しでも当たれば勇の身体を吹き飛ばす程の威力を持っていた。

「……いや、そうでもない」

そんな脅威を前にして、勇はなんてことのない風に言ってのけた。そして突撃してくるカーフラの眉間に、ブレイブ・ルーン・ソードをたたき込んだ。

「終わりだ」

そして勇は、左目でカーフラの背後に横たわる永羽を見た。交換の能力が発動し、カーフラがウィザルの身体に付与していた不老不死という特性と、永羽の勇者としての特性を交換した。

「ぐ……不死の能力を……。だが、我は死なん！　この身体が朽ちても死ぬのはウィザルのみだ……。我の本当の肉体は別の次元に安置されている！　待っていろ……すぐに肉体と共に舞い戻り……お前を——」

「消えろ！」

その言葉を遮り、勇は崩れた天井から空へ向けて不死の能力が消えたカーフラを投擲した。

† † †

衝撃波を伴うほどの速度で空中へと投げ出されたカーフラは、勇への恨みを呟く。

「餓鬼が……調子に乗りおって……。待っていろよ、次は我の本気を持って——ん？」

ウィザルの身体から抜け出した瞬間、カーフラは薄ら寒い悪寒を感じた。その直感に従って乗り捨てたウィザルを見る。

「――なっ！」

そこには、死に瀕した体内に収められた膨大な魔力を暴走させるウィザルがいた。

その瞬間、カーフラは自身の失態に気が付いた。様々な能力と共に押しつけられた勇者の特性。

それには命の灯火が消えた瞬間に訪れる魔力の暴走が含まれていることに。

カーフラが魂の状態で次元を渡るよりも早く、ウィザルは死に絶えた。

一瞬の静寂が訪れ、高度数千メートルの地点で次元を歪ませる程の大爆発が起きた。

† † †

轟音と共に、大地が揺れた。明るかった空が赤く染まり、爆発の中心となった空間には大きな穴がぽっかりと空いていた。

「やった……のか？」

半信半疑の勇に、ギネヴィアが言う。

「ええ、あの爆発に巻き込まれたら、たとえ魂であっても生きていられないわ。見て」

ギネヴィアは空に空いた穴を指さす。その先で、幾筋もの雷が迸っていた。

「穴の中心に強力な魔力による雷が発生してるでしょ。時空に穴をあけてなお、あれほどのエネルギーが滞在しているなら、たとえカーフラの魂でも消滅しているわ」

「そうなのか？」

ギネヴィアの説明を聞いても勇は疑いを晴らせない。

しかしたしかに、この爆発は尋常ではなかった。勇者の中でも、さらに膨大な魔力を秘めていた永羽の特性もあってか、想像以上に激しい炸裂を未だに続けている。

「魂っていうのは脆いものよ。干渉する方法さえあれば簡単に消滅させることができるわ」

「そう、なのか。……そうか」

納得できたような、そうでないような複雑な心境で勇は空を見あげ続けた。

「……これで終わったのか」

「そうね……」

実感が追いつかず、呟かれた勇の言葉にギネヴィアは感慨深く頷いた。

しばらく無言の時間が過ぎた後、ギネヴィアが勇に話しかけた。

「疲れたわね……」

「一度工房に戻ろうか」

「素晴らしい提案ね……」

「帰って熱いシャワーを浴びたら、すぐにでも寝てしまいそうだ」

「いいわね、それ。その後のことは、起きてから考えましょう……」

二言三言、言葉を交わしたふたりは、笑いながらうなずき合うとレノール、優香、舞菜。そして永羽と共に城を後にした。

エピローグ

パラデムロッジ王国の中央に建つ城が内部から破壊されたことと、ウィザル王が行方不明になったという大ニュースは、瞬く間に国中に広がった。

それはカァムたち反乱軍にとっては、これ以上ない朗報だ。

彼は混乱する王国兵士たちの様子を確認すると、今度は城から近い富裕層の町を見て回る。

市民たちの間は城の上空で爆発が起こった話題で持ちきりだったが、一部では場内で宴が行われ、その後に戦闘しているような叫び声や爆音を聴いたという話をしている者もあった。

(なるほど……聞こえてきた話から察するに、イサムがなにかやったのは確かだな)

ただ、カァムにとってはその後、彼からなにも連絡がないのが不自然に思えた。

どうにかして連絡を取ろうと、カァムは勇たちが根城にしていると聞いていた国外の工房へと足を運んでみるが、そこはすでにもぬけの殻で、まったく収穫がなかった。

工房に詰め込まれていた魔法書や空瓶も見事になくなっていたが、カァムは念のため元工房の中を一通り見て回り、やはりそこになにもないことを確認すると青空の下へと戻ってくる。

そして、玄関先で立ち止まった。

「まさかやられてしまったか？　いや、そんなことは……」

口に出してみたものの、あまり現実味がなかった。なにより勇たちが敗北していたとしたら、ウィザルが行方不明になっている理由がない。

(それなら、順当にイサムたちがウィザルを倒したと考えたほうがまだ可能性がある。……本人たちが出てこなければ、それが本当かどうかもわからないが……)

カァムはもやもやする気持ちを晴らすように空を見あげた。

広がる青空はどこまでも普段と変わらない。深呼吸をすると、落ち込んでいた気分も晴れてくる。

カァムは視線を元に戻す。

「ん……?」

すると、少し先の曲がり角に、勇の後ろ姿を見たような気がした。

「なっ……!」

カァムは急いでその曲がり角へと走り、勇が消えた路地の先に視線を注ぐ。

だが、曲がり角の先には誰もない。

「……見間違いか?」

カァムは疲れているんだろうと結論づけて、指先で軽く瞼を揉み込んだ。そうして大きく背筋を伸ばして、反乱軍の隠れ家へと帰っていったのだった。

† † †

パラデムロッジ王国から遠く離れた場所にある巨大火山の麓で、勇たちは休憩を取っていた。

「やっとここまで来ました……。長い旅でしたね……」

「ふぅ。本当に長すぎるわ。どれだけ移動させられたのかしら？」

レノールの言葉に、優香は目の前の火山を見あげてため息を吐いた。優香がそうなるのも無理はない。五人はここまで、数ヶ月にも及ぶ長旅の末、ようやくこの火山へとやってきたのだから。

「こ、この火山の頂上で、ギネヴィアさんの悲願が達成されるのですね」

永羽が疲れたことを隠そうとしない優香に、水を差し出した。一時期は廃人のようになっていた永羽だが、勇の能力でカーフラと特性を入れ替えられたときにどうやら正気を取り戻したようだった。

「んぐっ……ありがとう。永羽こそ、体のほうはもう大丈夫？　ずっと地下牢に捕らわれてたって話じゃない」

優香は差し出された水をすぐに受け取って飲み干しながら問いかける。

「あ、はい。牢から出してもらったときに、舞菜さんにたっぷり回復魔法をかけてもらったので。そのときのことはあまり記憶にないんですけど、今は平気です」

そう言いながら、自分の手を見つめるとギュッと拳を握る。

「不死の力を得てから恐怖に怯えることもなくなりましたし、勇さんには本当に感謝しています！」

「そう、なら良かったじゃない」

「……まったく、これからまだ灼熱の山を登ろうっていうのに、無計画に飲み過ぎよ」

ふたりが話している横で舞菜が、がぶがぶと水を飲む優香を呆れ気味に見ている。

「ふふふ」

三者三様の様子を見て、ギネヴィアが楽しそうにくすくすと笑う。

「世界が壊れる直前だっていうのに、あなたたちは楽しそうね」

「楽しくなんてないわ。ギネヴィアの願いを叶えるためにこんな苦労をさせられてるのよ……。これが勇の頼みじゃなければ、わたしはここにいないわ」

舞菜はギネヴィアを睨みつけた。

ギネヴィアは申し訳なさそうに目を細める。

「おいおい舞菜。あまりキツいこと言うなって。舞菜だってギネヴィアの世話になってるだろ？」

不穏な空気を感じ取った勇が、ギネヴィアと舞菜の間に割って入る。

「それより、最終確認だ。火山に眠っているコアを壊せば、世界の崩壊が始まるんだよな」

「ええ、その認識で問題ないわ。カーフラは世界を創造するとき、その中心として作ったコアをこの火山の奥深くへ埋め込んだの。ここはちょうど大陸の中心だし、世界を造る基点には最適だったみたい。世界中を走る龍脈もここを中心にしているわ。コアを破壊すれば、その崩壊に連動して、世界の崩壊が始まるようになっている。一瞬で終末の風景を楽しめるわ。世界中が一度は酷い有様になるでしょうけれど、この世界にある〝ブレイブ・ルーン・ソード〟の残滓も全て消え去る。私の世界を、カーフラの呪縛から解き放つ唯一の手段なの」

それは、この世界がカーフラの手に余る変化を遂げてしまった際の浄化装置のようなものだった。

勇は頷きながらギネヴィアの話を聞くと、背筋を伸ばす。

「やってやるよ、俺とギネヴィアの約束だからな。さてと、それじゃあ行くか」

それでもきっと、人間たちは逞しく生きていくことだろう。

闇堕ちした勇者は世界の破滅を望む魔女と仲間たちを連れ、ひとつの物語に終止符を打ちに向かうのだった。

アフターストーリー

穏やかな気候が続くある日。舞菜と優香は勇の部屋の前でお互いの様子を窺っていた。

横目でチラチラと見合いながら、どちらが先に勇の部屋へ入るか窺っている。

ふたりは、勇を裏切り生死に関わる怪我を負わせたことを謝るためにやってきていた。

今でこそ、やっと仲間との生活は落ちついてきたが、気持ちはまだまだ晴れていない。

前日、ふとした瞬間にふたりきりになった際に、どちらからともなく切り出した話だった。

そのときはお互いに妙案だと盛りあがったのだが……。いざ勇の部屋を目前にすると嫌でもふたりは緊張してしまう。

改めて謝罪の言葉を口にすることで、勇の機嫌が悪くならないだろうかと心配しているのだった。

「……ねえ、先に入って勇の気分を良くしてきてくれない？」

そう切り出したのは舞菜だった。

だが、同じように様子を見てきてもらおうと思っていた優香はあからさまに顔をしかめさせた。

「え……」

「駄目なの？　わたしよりあなたのほうが先に勇と和解しているんだから、構わないでしょ」

露骨な舞菜の提案に、いやいやと優香は首を振った。

「掘り返すことで怒るかもしれないでしょう？　普通の人なら一度だって許さない立場にいるのに

……何度も気にして声を掛けたら、せっかく許してくれたのにまた怒らせるかも知れないじゃない……。そんなのあたしは嫌よ」

優香らしくないもの言いに、舞菜は呆れて額に手を当てた。どんな相手にも怖じけずに突撃していく優香とは、とても思えなかった。

「舞菜こそ先に行ったほうがいいんじゃないの？　舞菜が改心してからすぐにあの神様が来て、ゴタゴタしていたじゃない。改めて謝るには絶好の機会でしょう？」

「それは……。でも、わたしは優香が最初に入ったほうがいいと思っているわ」

今度は舞菜が言葉を詰まらせる番だった。だが、優香はなんとしても先に舞菜を勇の部屋へと入らせようと必死になっていた。

† † †

そんな姦しいやりとりを勇は扉越しに聞いていた。正確に表現すれば嫌でも耳に入った、だったが結果は変わらない。勇はこのままでは落ち着くに落ち着けないと重い腰をあげる。

「お前たち、部屋の前でなにしてるんだ？」

部屋の前で騒ぐふたりを見かねた勇が、扉を開け放って言う。

するとそこにはお互いにおでこをぶつけ合うように睨み合いを行う舞菜と優香がいた。

見ただけで言い争っています、ということがわかる構図に勇はこんなこともあるのかと感心してしまう。ふたりは勇の声に驚き、勢いよく振り向いた。

「勇……これはその、違うの。わたしたち別に喧嘩していたわけじゃなくて……ちょっと優香もなにか言いなさいよ」

「ええ……いや、こんないきなり出てこられて、なにを言い訳すればいいの？」

舞菜に睨まれた優香は焦りながらふたりを交互に見る。舞菜は当たり前のように優香を肘で小突き、前に出るよう催促をする。勇は勇で、扉越しにふたりの会話が聞こえていたために、ふたりの反応を実際に目の当たりにして、どうすればいいのだろうと固まってしまった。

勇にはもう、ふたりをどうこうするつもりはなかった。あの裏切りを許さない代償に、この先一生、ふたりの認識を交換したままにすると決めているのだ。

勇は肩を落としながらため息を吐き、扉の前から一歩引く。

「話があるんだろ？　中で聞くからとりあえず入ってくれ」

優香はぴたりと首の動きを止め、舞菜は態度にこそ出さないものの、照れ隠しに勇を睨みつけた。ふたりはもう一度、顔を見合わせた。そしてお互いに決意を固めると勇の部屋へと足を踏み入れた。

「それで、なにか話があるんだろ？」

舞菜の目には懇願の色が浮かんでいる。そんな弱気な舞菜を見たことがなかった優香は、しょうがなしに勇へと話を切り出した。

「実は……あたしたち、勇に改めて謝ろうと思って来たのよ。でも、どうやって勇に反省しているか示せばいいかわからなくて……」

「……なるほどね」

会話を聞き、ふたりが部屋を訪れた理由を知っていた勇は、どうするか、と手を顎に当てて考えた。

勇には舞菜たちをこれ以上どうこうするつもりはない。それでもふたりがなにかしたいと言うのなら、そのなにかを考えねばならなかった。

しかし勇が答えを見つけるよりも前に、優香が身を乗り出した。

「だから考えたのよ」

優香はおもむろに勇の背中へと回ると、ベッドのほうへ押していく。その際に、優香はわざと密着し、たわわな双丘を勇へと押し当てる。いきなりの優香の行動に舞菜は驚きで固まっている。

彼女の頭の中は、優香がなにを始めたのか考えることで一杯になっていた。

そんな舞菜に目配せをしながら、優香は勇をベッドへとたどり着かせると多少強引にそこへ座らせる。そしてカチャカチャとズボンを緩めて、隠れていた勇の逸物を取り出した。

一回り年下の女性に密着され、すでに臨戦態勢に入っていた勇のペニスはこれ以上ないほどに張り切っている。びくびくと脈打つ様子を見て、優香はごくりと生唾を飲み込んだ。

「なんど見てもこの大きさには驚かされるわ……」

優香は胸をはだけさせると勇に見せ付ける。上目遣いで胸に勇の視線が注がれるのを確認すると、優香は勇の下半身に乳房を乗せた。

勇は下半身に感じる重圧を意識して、ごくりと生唾を飲み込んだ。ふとももに当たるもっちりとした感触と、迫力のあるビジュアルに圧倒されそうになる。

しっとりと汗ばんだ胸の谷間に埋まった剛直が、まったりとした快感に包み込まれる。

「ど、どうかしら？」

と頬を染めながら感想を求められた勇は、胸に視線を注いだまま空っぽの返事をする。

「ああ、そうだな……」

優香はその生返事を聞いて、逆に安心した。きちんと優香の身体に興奮していることが見て取れたためだ。

「触りたかったら……触ってもいいわよ」

恥ずかしがりながらも優香は勇の手を取って、その胸へと誘導する。

「え……あ、いや」

と否定の言葉を口にしながらも勇は優香の先導に抵抗しない。手のひらに当たる感触に、勇はたまらず、すくいあげるように優香の胸を寄せあげた。

柔らかな双璧が勇のペニスに緩い圧をかけるのと共に、上へスライドする刺激が与えられる。

脱力を伴う快楽が勇の芯へと染み渡っていった。肩から力が抜け、少しばかり残っていた腰の力も抜けていく。

それでも勇の手の動きは止まらない。寄せていた胸から手を放し、緩い圧迫から息子を解放させる。勇のペニスは、高級なソファに埋もれているような感覚にとらわれた。

その緩い快感がやみつきになったのか、勇は何度も胸を寄せては放す。

優香は目前で、まるでおもちゃのように扱われる胸をじっと見つめていた。

「……あっ、あっ」

そうしていると優香の目にはぴたぴたと跳ねるペニスが目に入る。優香は我慢できずに、肉棒の先端が顔を出す度に、舌を突き出してぺろぺろと舐めあげた。

極上へ誘うような心地よさに浸っていた勇は、その強い刺激にはっと我に返る。少し視線をあげると、一生懸命亀頭を舐め取ろうとしている優香の艶顔があった。

不意打ちで突きつけられたその表情に、勇の心臓が跳ねる。妖艶な表情と刺激が合わさり、剛直が大きく脈動した。先端からはトロトロと透明な液体が溢れ出し、ペニスが跳ねた勢いでその液体が優香の顔へと降りかかる。

じんわりと勇の匂いが優香の鼻腔に満たされる。その匂いを嗅いだ優香は、勇が自分を許してくれているような錯覚に陥った。自身の身体で気持ち良くなってくれているという事実も、彼女をたまらなく幸福な気持ちにさせる。

胸に添えられた勇の手に自らの手を重ね、動きをアシストするように力を加えていく。

「はあ……優香、そろそろ……」

低刺激であっても、長時間快感を受け続ければその瞬間は近付いてくる。睾丸からぞくぞくと生製される精子は欲望の吐き出し口を求めた。

その欲求は勇の逸物の感度を強制的に高めた。敏感になった陰茎は、少しの刺激を誇張して勇に悦楽を届ける。

「くっ……！　あっ、射精る！」

ぐんぐんと膨張を続けた勇の逸物は、胸の中できゅうっと締めつけられ、その中身をぶちまけた。

勢い余った剛直が谷間から飛び出し、優香の顔を白濁液で汚していく。

粘つく体液が、優香の唇や首下、鎖骨などに飛び散っていく。それでもなお勢いは止まらずに、優香の胸は白く斑に染まっていった。

「ふぅ……なかなか良かったぞ」

「ありがとうございます……」

勇は満足気に優香の頭を撫でる。彼女はその手の温もりで、心が温かくなっていくのを感じた。

そして、ちらりと舞菜へと視線を流す。

勇の射精と優香の表情を見て、ようやくその意味を理解した舞菜が、

「わ、わたしも！」

と大声を出しながら手を伸ばした。

緊張した状態で舞菜は勇の下へと歩いていく。

一度は交わった間柄ではあるが、舞菜にとっては自身に対する懲罰のようなものだった。

それが今度は自分から勇を誘わなければいけない状況になり、舞菜はどうしても緊張を隠せないでいた。例え今、目の前で性的な触れ合いがされていたとしてもだ。

勇には舞菜の気持ちが手に取るようにわかった。だが、だからこそ勇はなにも言わない。

これが贖罪行為であるならば、自分から言えなければ舞菜の気持ちに負い目が残ってしまう。

そうならないためには、舞菜自身がその身体を差し出すしかない。それがわかっているのだろう、舞菜は少しずつではあるが、勇へと近付いてきていた。

勇は懐に潜り込んでいる優香をどかして、舞菜に場所を譲る。

「それで、お前はどうやって俺に許しを乞うんだ？」

「それは……」

舞菜はちらりと勇の陰茎へ目を向けた。それは一度射精へと到ったにもかかわらず、股の間で脈動して存在を主張している。

彼女は頬を染めながら剛直から目を離して、勇を見た。

勇へと向けられた舞菜の瞳は、これ以上ないほど潤んでいる。

しかし、舞菜は決意を固めたのか勇の肩をトンと押す。

「おっと」

押されるがまま倒された勇は、頭を持ちあげて舞菜を見る。

舞菜はそそり立つ愚直を一瞥すると、直前に解き放った精子の残りを、その手を使って、丹念に亀頭へと塗りたくった。滑りをよくした後、舞菜は自分も下半身を晒して、粘膜での接触を果たした。

（お……大きい。前にこれがわたしの中に入っていたなんて信じられない……）

そう思う舞菜だが、思考に反してすでに舞菜の秘所からは潤滑液が分泌し始めていた。優香との行為を目の当たりにしていたおかげだろう。

舞菜は努めて冷静さを装ってぬめつく秘裂をペニスに押しつけた。身体をスライドさせることで勇の色欲を煽っていく。

ゆっくりと上下する姿を斜め下から見あげる形となった勇は、舞菜の思索にハマり、その景色に思わず見惚れてしまった。

優香以上の胸が頭上で揺れる様子は圧巻と言えた。それも恥ずかしげに視線を逸らしながら身体を揺らしているのだ、男として見惚れないほうがどうかしていると言えるだろう。

そうこうしているうちに、舞菜のほうも準備が整ったのだろう、両手で淫裂を開いて亀頭の先を当てる。後は腰を沈めれば、魅惑の肉壺で勇に快楽を与えることができる。

意を決した舞菜は、自らの意思で腰を沈み込ませ始めた。

「おあっ……！」

勇は思わず情けない声を出す。前回の舞菜との交わりとは比較にならない刺激が先端から伝わってくる。だがなによりもその興奮の理由は、横になった状態では自分で上手く身体に力を入れることができない自分に、舞菜が淫らに座しているというのが大きかった。

「ま……舞菜。そんな強引に動かれたら、すぐに……」

「だめよ……。身体を張ってお詫びをしてるのに、入れただけで出しちゃうなんて許さないわ！」

余裕をなくしているのは勇だけではなかった。お詫びすると言い出した立場でありながら、勇の逸物に予想以上に膣内を押し広げられたことで錯乱し、舞菜は地で返してしまう。

「お……おう」

勇はその迫力に負けて、ぐっと腰に力を入れて射精を堪える。

ふうふうと荒い息を吐き出しながら、舞菜は腰を前後左右に動かし続けた。

ぐちゅぐちゅと生々しい音が響く。

舞菜の膣内に挿入された太い芯は、不動とは言わないまでも、しっかりと舞菜を貫いている。彼女が動く度にしっかりとその肉ヒダをかき分けて、痺れるような快感を与える。舞菜は口元を抑えて、漏れ出る声を押さえつけた。

自分が気持ち良くなっていると知られたくないのだ。今はあくまでも勇を満足させるために動いていると思われたいという、可愛い理由だった。

「んっ……んふぅ、ふぅ……！」

唇を噛んで必死に動き続ける。

次第に舞菜が腰を蠢かせる速度が上昇していく。身体全体を一心不乱に動かした。

それに応じて、いやらしい水音が部屋の外に漏れているのではないかという程に大きくなる。

「うっ……！　くっ、激し、うっ……！　おおっ！」

勇の陰茎はその激しさに、あっけなく限界を向かえた。

一回り以上膨張した剛直から、二度目とは思えない程の濃い精子がびゅるびゅると飛び出す。

膣内は白く染めあげられ、舞菜が上下に動く度に膣全体に塗りたくられていった。

「ふぅ……良かったぞ、舞菜」

すっかり搾り取られた勇は舞菜に声を掛けたが、舞菜はそれでもまだ腰を上下させ続けている。

リミッターが外れてしまったのか、舞菜は虚空を見つめながら動き続けていた。

それは勇のペニスで敏感な膣道を擦られ続けたにもかかわらず、我慢をし続けた反動だった。

限界に達した舞菜は、気持ち良さに身を任せて獣のように激しく腰を振り続けている。

「おい、もうっ、終わって……！」

勇の言葉は舞菜に届いていなかった。彼女は我慢し続けた分を精算するように腰を振り続ける。

勇は許容量を超えた、痺れるような快感を注ぎ込まれる。

歯を食いしばって限界をアピールするも、舞菜はそれを一切目に入れていない。というよりも、
完全に目をつぶって、自分が受け取る快楽に全神経を注いでいた。

「ううっ！」

強引にペニスを扱かれ続けた勇は、舞菜の膣内で何度も空打ちを繰り返した。

そのとき、ぞくりと神経に直接氷を当てられたような冷たい感覚が舞菜を襲った。深い静けさを

伴い、舞菜の神経がシンと研ぎ澄まされていく。

「ぁ……」

小さく声が漏れたのは、これから訪れるであろう快感の大波の予感からだ。

それまで勢いよく振られていた舞菜の尻がドンと下ろされた。それまで受けていた快楽に、舞菜の身体は小刻みに震えている。

そして、舞菜の予感通りそれはやってきた。びくりと一度大きな痙攣が起こった。その快楽は舞菜の下腹部から瞬く間に脳へと伝播する。脳が受け取った快感は瞬く間に舞菜の思考を奪った。

「あんっ……あぁぁぁぁあ、ふぅううう！」

快楽の波は舞菜の身体は節操なく痙攣させた。ビクリビクリと腰を跳ね回らせている。

しばらく雄叫びのような声と共に痙攣を続けた舞菜の身体から、ふっと力が抜けた。

「だ……大丈夫か舞菜？」

勇の問いかけに、舞菜が応えることはなかった。

体力を使い果たしたのか、舞菜は絶頂の余韻を感じる間もなく意識を手放していた。

「……まったく」

勇は、もたれ掛かる舞菜の頭を撫でながらため息を吐いた。

「まあ、いいだろう。自発的にここまで尽くせるなら、もう裏切ることもないだろうしな」

勇は、傍らでうらやましそうに見つめていた優香を手招きする。優香は嬉しそうに腕の中に飛び込んでくる。勇はふたりの美女に挟まれながら、ベッドへと深く沈み込んだ。

あとがき

こんにちは、日常男爵と申します。

初めての方は、これからよろしくお願いします。以前から読んでいただいている方はお久しぶりです。再び書下ろしで本を出す機会をいただき、興奮しつつ執筆させていただきました。

思い返せば時間の流れは早いもので、すでに五冊以上の本を出させていただいています。

これも作品を応援してもらえる読者の皆様のおかげで、感謝の念に堪えません。

さて今回のお話ですが、主人公が少し闇堕ちしてしまいます。

正義の味方やヒーローが失意からそうなってしまうお話はよくありますが、なかなか背徳感がありますよね。

主人公も、どうしても復讐したい相手ができたため、自らが倒すはずだった相手と手を組んでしまいます。ところがそれが意外な展開に……ということなのですが、後はこの本を読んでいただけると嬉しいです。

今回、イラストを担当してくださったのは鳴海茉希さんです。

主人公と四人のヒロインたち、それぞれ個性的に描きあげていただきました。

キャラが多くて大変だったかと思いますが、どのイラストも素晴らしい出来に仕上がっています。

主人公の勇の堕ちっぷりが見事で、対峙するシーンなど、見るからにダークヒーローという感じですごくかっこいいです！

もちろん、ヒロインたちだって負けていません。

妖艶な魔女のギネヴィアや、清純に見えながらも腹に一物抱えたマイナなど、それぞれのキャラクターが一目でわかるような素晴らしいデザインでした。

自分で書いておきながら、見た瞬間「こんなにかっこいい（可愛い）連中だったんだ！」と驚いてしまったほどです。

無論、口絵や挿絵もそれぞれ素晴らしい出来で、濡れ場ではヒロインたちの艶姿が盛りだくさん。

今回一緒にお仕事ができて、本当に良かったと思います。


イラストだけでなく、編集者さんや印刷会社の方など、多くのご協力を得て、なんとか本が出版できています。まだまだ初心者の私ですが、皆さんのご厚意に見合うような作品になっていれば幸いです。

そして最後に改めまして、読者の皆様。こうして再び本を出せたのも、皆様の応援の賜物です。

これからも勉強を重ねて、より楽しんでいただける本造りに精を出したいと思います。

それでは最後に。本書を手に取っていただいて、ありがとうございました！

これからも応援よろしくお願いいたします！

二〇一八年一〇月　日常男爵

KiNG novels

キングノベルス
捨《す》てられ勇者《ゆうしゃ》は異世界《いせかい》で
最高《さいこう》のヒロインに出会《であ》いました！

2018年 12月 27日　初版第1刷 発行

■著　　者　　日常男爵
■イラスト　　鳴海茉希

発行人：久保田裕
発行元：株式会社パラダイム
〒166-0011
東京都杉並区梅里2-40-19
ワールドビル202
TEL 03-5306-6921

印刷所：中央精版印刷株式会社

KN064

愛妻×若妻×恋女房!?
異世界は今、
アラフォーがイイッ!
みたいです!
愛内なの
illust:あきのそら
転生アラフォー領主様は
ハーレムつくって
静かに暮らしたい
知識と権力で
のんびりスローライフ!
アラフォー伯爵クラウスは、日本からの転生者だ。領内をそこそこ平和に治め、目立たず平穏に暮らしてきたが、ある事件から美しい若妻を得た。それだけでも十分幸福だったのに、エルフの幼妻まで貰ってしまいハーレムな毎日だ。そんな彼がついに貴族の間で噂になって、王家から末姫様がやって来て!?